最後の晩ごはん

閉ざした瞳とクリームソーダ

椹野道流

角川文庫
21983

登場人物

イラスト／くにみつ

ロイド

眼鏡の付喪神。海里を主と慕う。人間に変身することができる。

夏神留二（なつがみりゅうじ）

定食屋「ばんめし屋」店長。ワイルドな風貌。料理の腕は一流。

五十嵐海里（いがらしかいり）

元イケメン俳優。現在は看板店員として料理修業中。

最後の晩ごはん 閉ざした瞳とクリームソーダ

五十嵐一憲（いがらし かずのり）

海里の兄。公認会計士。真っ直ぐで不器用な性格。

五十嵐奈津（いがらし なつ）

獣医師。一憲と結婚し、海里の義理の姉に。明るく芯の強い女性。

淡海五朗（おうみ ごろう）

小説家。高級住宅街のお屋敷に住んでいる。「ばんめし屋」の上顧客。

最後の晩ごはん　閉ざした瞳とクリームソーダ

倉持悠子（くらもち ゆうこ）

女優。かつて子供向け番組の「歌のお姉さん」として有名だった。

砂山悟（さやま さとる）

カフェ兼バー「シェ・ストラトス」オーナー。元テレビ局のプロデューサー。

プロローグ

　他人の家に上がり込んで、最初にやることが「ジャージの上下に着替える」だというのは、いつになっても微妙に慣れないものだ。

　特に、その家が立派な邸宅で、通されるのが前後鏡張り、掃き出し窓や天窓から燦々(さんさん)と陽光が差し込む広いレッスンルームだったりすると、余計に落ち着かない。

　五十嵐海里(いがらしかいり)は、広い部屋の隅っこに荷物を置き、まずはオーバーサイズの丈の長いカーディガンを、次いでわざとノーアイロンのまま着てきたシャツを脱ぎ捨てた。

　ほんの「軽傷」なダメージジーンズを脱ぐ前には、大丈夫だとわかっていても、つい窓から外をいったんチェックしてしまう。

　窓の外には、この家の庭が広がっている。

　家も大きいが、庭も驚くほど広い。この家の主(あるじ)、倉持繁春(くらもちしげはる)氏は作庭家なので、庭木はまさにプロの手で育(はぐく)まれ、丁寧に手入れをされている。

　その庭は、丈の高い植え込み、そしてその外側もこれまた高い煉瓦(れんが)塀で囲まれているので、隣家から覗(のぞ)かれる心配はない。だからこそ、こうしてブラインドを開け放ったたままでいられるのだろう。

（うちなんか、道からも河川敷からも見えちゃうから、窓がそもそも透けないタイプなのにな。ヘタすると、阪神芦屋駅のホームからも覗かれそうな気がする。いや、さすがに無理か）

つい、自分が暮らす定食屋「ばんめし屋」の二階の部屋を思い出し、海里は苦笑いした。

この、倉持家の中にあるレッスンルームに、今、海里が暮らす部屋がおそらく五つか六つは入ってしまうだろう。

そんな比較に意味はないのだが、そう思うと、人間の生活にはこうもレベルの差があるのかと、少しぼんやりした気持ちになってしまう。

とはいえ、このレッスンルームは、海里が知るどんな稽古場よりも明るく快適で、板張りの床もワックス掛けが行き届いて艶やかだ。不満はひとつもない。

（ラッキーだよな。こんなところで稽古をつけてもらえるなんて）

えいやと下も脱ぎ捨ててジャージに脚を通し、海里は布地のヒンヤリした感触に身震いした。

フィットネスシューズを履き、前髪をプラスチック製のカチューシャですっかり上げてしまえば、これから始まるレッスンに向けて、準備完了だ。

「ちょい肌寒いから、軽くエアコンを入れるか」

海里はリモコンを操作し、室温を二十二度に設定すると、慣れた様子でストレッチを始めた。

役者の端くれとしてレッスンを受けるのも、こんな風に入念なストレッチをするのも、驚くほど久しぶりだ。

彼がミュージカル俳優として芸能界にささやかにデビューしたのは、まだ十代の終わりだった。

同年代の、まさに「素人に一本毛が生えた」くらいの男ばかりが集められ、来る日も来る日も、やれダンスだ、アクションだ、歌だ、スポーツだと、レッスン漬けの時間を過ごし、意外なまでに早く来る舞台デビューの日に備えたものだ。

いったん幕が上がれば、舞台の上のお前たちはもう素人ではない。

たとえ、どんなに技術が稚拙でも、能力が足りなくても、お前たちはミュージカル俳優と呼ばれる生き物になるのだ。

そのとき、そう呼ばれることが恥ずかしくないように、少しでも前へ進みなさい。

当時、舞台演出を担当していた人物は、最初のレッスン終了後、海里たちを集めてそう言った。

芸能界に憧(あこが)れていた海里にとっては、「ミュージカル俳優」という言葉はひたすら眩(まぶ)しく、その列に、末席とはいえ自分が連なることが誇らしくてたまらなかった。

自分の役者としての能力をやや、いや、かなり、いや、あまりにも過大に見積もり、都合よく思い描いた輝かしい未来に胸を膨らませていた海里には、「そう呼ばれることが恥ずかしくないように」というくだりがまったく頭に入っていなかったのだ。

当時教え込まれ、毎日、機械的に繰り返していた、何年ものブランクを経てもなお身体に染みついたメニューで全身の筋肉を伸ばしながら、海里は、あの日の演出家の厳しい、そしてどこか哀れむような視線を思い出す。

(あの目、俺たちが元気すぎてゲンナリしてるんだと、あの頃は思ってた)

床の上にお尻をついて座り、両の靴底をぴったり合わせ、自然とコンパスのように曲がった両膝を、床にペタンとつける。

ミュージカル俳優の修業を始めた頃はまったくできなかったし、久々にやってみると痛くてたまらなかったが、一週間もすれば、再び楽々とできるようになった。

そうして股関節周囲や太股の内側を柔らかく解しつつ、胸の高さにまっすぐ伸ばして内側に倒した腕を、もう一方の腕で、肘の上あたりで挟み込んでぐぐっと伸ばす。

どちらもストレッチとしては基本中の基本だが、それだけに重要な動作だ。

(演出家先生は、俺たちのほとんどが、ミュージカルが終わった後、芸能界から消えていくことを知ってたんだろうな。だからこそ、あんな目で俺たちを見たんだ。あれは、「可哀想に」って言ってる目だった。今ならわかる)

海里は、左右の腕を入れ替え、意識して深い呼吸をした。

両膝から太股の外側にかけては、もうほとんど力を入れなくても、床に密着している。

（身体を整えて、鍛えて、一日の休みもなく朝から晩までレッスンに励んで、嘘みたいに安い給料で、めちゃくちゃきついスケジュールで舞台に立って、毎日冷えた弁当食って、多少怪我しても具合悪くても休めなくて、ヤバいファンにつきまとわれても逃げるしかなくて、つらくても「みんなそうなんだから」って言われて耐えるしかなくて。それでも俺たちみんな、ここから成り上がっていくんだって信じてた。だから頑張れた。なのに……）

海里は、同じミュージカルに出演していた懐かしい若手俳優たちの顔を、ひとりひとり思い出してみた。

今も俳優として活躍しているのは、海里の弟分である里中李英を含め、ほんの数人だ。声優に転身した者、本来の仕事だったモデル業に戻った者、以前の海里のようにバラエティタレントとして生き残りを図った者……今も芸能界で生き残っているが、当時、思い描いていた道からは外れた者も多い。

多くの仲間たちは、ミュージカルが終わって数年のうちに、まるで蒸発するように、すうっと芸能界から消えていった。

（演出家先生は、努力はたいてい裏切るって知ってたんだ。芸能界で生き残る、いや、成り上がるには、自分や事務所の努力だけじゃ足りないってことも。あの目は、俺たちに同情してる目だった。そんなに頑張っても、身体を壊してまで舞台に貢献しても、それはほとんど報われることはないんだぞって、視線で教えてたんだな。気づけるはずも

なかったけど）

海里は軽い身のこなしで起き上がると、今度は腿上げを始めた。

両手を勢いよく振ってリズムを取り、背中で肩甲骨が気持ちよく動くのを確かめる。

（でも、演出家先生は、そんな同情を言葉にはしなかった。立場上、そんなネガティブなことは言えなかったんだろうけど……）

誰かひとりでも芸能界で生き延びて、役者として成長してくれればいい。

演出家は、そんな願いを胸に抱いて、海里たち役者の卵に接していたのかもしれない。

稽古中、彼に投げつけられた罵声も、全否定に近い厳しすぎる駄目出しも、海里たちに過ぎた試練を与えることで、少しでも芸能界で生きる力を身につけさせてやろうという親心だったのだろうか。

（そういや演出家先生、俺によく言ってたな。「カイリ、お前は色んなことを経験しとけよ。役者だけやるなよ」って。あれ、役者としての引き出しを増やせって意味だと俺は勝手に解釈してたけど、もしかしたら、「潰しが利くようにしとけ」って意味だったのかも）

おそらく演出家の目には、あまりにも精神的に幼く、打たれ弱く、早晩、調子に乗って身を持ち崩す海里の姿が見えていたのだろう。

そして、実際にそのとおりになった。

芸能界を追放されるきっかけになったスキャンダルは、確かにいわれのない捏造記事だった。事務所が弱小だったことも仇になった。

それでも、海里に役者としての才能がもっとあれば。

バラエティ番組で易きに流れず、タレントとして見聞を広め、人脈を怠らず増やしていれば。

もしかしたら、海里を守ってくれる人がいたかもしれない。

あるいは、才能を惜しんで、早期復帰を働きかけてくれる人が現れたかもしれない。

そんな幸運が起こらなかったのは、海里自身に実力も魅力もなかったから。

つまりあらゆる意味で、努力の代わりに積み重ねてしまった怠慢のせいなのだ。

（いや、運のなさもある。俺の怠慢は九割ってとこかな）

少しだけ自分に甘い評価をして、海里は仕上げに思いきり飛び跳ねてみた。

何しろだだっ広い部屋にひとりきりなので、どんなアクションもやり放題だ。

できるだけ高く飛び、手足の筋肉が上手く解れてしなやかに動くのを感じる。

確かにミュージカル俳優としては芽が出なかったかもしれないが、当時、闇雲に鍛えた身体は、今も海里を支え、新たな道を歩く助けになってくれている。

（演出家先生は、何もかも無駄だと思ってたかもしれない。一流の役者には絶対になれない俺を、哀れんでたかもしれない。でも、すべてが無駄だったわけじゃないんだ。それも、今ならわかる）

懐かしい感覚が気持ちよくて、つい調子に乗り、久しぶりに側転からの宙返りを決めたところで、レッスンルームの引き戸が開いた。

「あら。ここはいつからサーカス小屋だったのかしら」

そんな冗談を口にして、パチパチと拍手してくれたのは、初老の上品な風貌の女性……この家のもうひとりの主、繁春の妻の倉持悠子である。

かつて子供番組の「歌のお姉さん」として名を馳せた彼女は、後に演技力が高く評価される女優となった。

今は夫とふたり、悠々自適な生活を送りながら、厳選した仕事を引き受け、空いた時間には、こうして海里に朗読のレッスンをつけてくれている。

二人が当座の目標としているのは、悠子が毎週務める朗読の舞台に、海里も共に立つことだ。

朗読の、といっても、結局は「芝居の稽古」ということになる。

朗読というのは、一般の人がイメージするような、ただ突っ立って、あるいは座って、台本を読めばいいというようなものではない。

派手な動きや表情を封じても、たとえその場から一歩も動かなくても、演者は身体じゅうで演技をしている。

全身の力を、控えめな表情の変化、声音、声量、息づかい、そして短い沈黙にすらも込めて演じるのだ。

その難しさを、海里は悠子について学ぶようになって、初めて痛感した。

一方で、たまらなく面白く、やり甲斐があることだとも感じた。

だからこそ、今の海里には、悠子が割いてくれるこの短い時間がとても貴重で、楽しい。

いつか再び舞台に立つ日を目指して、他人が見れば「落ちぶれた元三流役者が足掻いている」ようにしか見えなくても、一歩ずつ進んでいけることが嬉しい。

もはや、他人の目などどうでもいいのだ。これは、海里自身のための、楽しくも苦しい戦いなのだ。

フィットネスウェアではないが、動きやすそうなパンツルックの悠子は、長い髪を後ろで一つに結びながら、小型のグランドピアノの前に座った。

蓋を開け、細長いフェルトを丁寧に畳んで脇に置き、鍵盤にほっそりした両手を乗せる。流れるような動きだ。

「身体は十分に解れているようだから、発声練習を始めましょうか、軽業師さん」

軽いからかいと共に、凜としたピアノの音が広い部屋に響く。

「よろしくお願いします！」

海里は悠子に深々と一礼してから、姿勢を整えて立ち、大きく息を吸い込んだ……。

一章　つつがなき日々

兵庫県芦屋市。

その「定食屋」がどこにあるのかと問われたら、常連客はきっと、「公光町（きんみつちょう）」という町名より先に、あまりにも特徴的な立地のほうを言いたがるだろう。

阪神芦屋駅の北側、芦屋川沿い、そして、芦屋警察署とカトリック芦屋教会にやんわり挟まれていると説明されれば、道に迷う者はまずいない。

むしろ、初めてその店、「ばんめし屋」を訪れた客が戸惑うのは、店のあまりにも古風な佇（たたず）まいだろう。

昭和を煮しめたような木造の一軒家は、そこだけがまるで時代の変化に取り残されたようだ。

しかも、営業時間がいっぷう変わっている。

店を開けるのは日が沈む頃、そして店を閉めるのは明け方近くだ。

ゆえに、この店には「ランチ」は存在しない。

提供されるのは、日替わり定食ただ一種類のみ。その日の献立は、店の入り口の小さな黒板に書かれていて、客はそれを確認してから入ってくるシステムだ。

そんな癖の強い営業形態の店だけに、よほど気難しくて変わり者の主人が待ち受ける、ハードルの高い店かと思われるかもしれないが……。


「すいませーん、ご飯おかわり！　って、できるんやったっけ、ここ」

「えっ、おかわりできるん？　オッケーやったら俺も！」

「もしかして、味噌汁もいけるん違うん？　僕、糖質制限ダイエット中やから、飯以外でおかわりしたいんですけど～」

とあるテーブルから集中的に飛んでくるリクエストに対して、見た目は完璧な英国紳士が、満面の笑み、そして流暢な日本語で応じる。

「勿論、ご飯もお味噌汁もおかわりしていただけますよ。是非、千切りキャベツも。他のお客様も、ご要望がございましたらどうぞ。順番にお伺い致しましょうね」

その嬉しい申し出に、即座に歓声が上がる。

「ほな……ほな、唐揚げは⁉　唐揚げもいける？」

「唐揚げは、さすがに諸般の事情で無理でございます」

「あっはっは、そら、そやんな～。そこは引っかからんか。さすがジェントルマン、いかなるときも冷静やわ」

あくまでも丁重、かつ立て板に水の切り返しに、最初にご飯のおかわりを頼んだ若い男性客が、声を上げて笑った。

ブリーチを繰り返したせいで、戻す前の春雨のようにパサパサになった長めの金髪、スタッズがたくさんついた革ジャンに、腿が半分以上露出しているダメージジーンズと、ちょっと物騒な出で立ちではあるが、笑顔は人懐っこい。

「ロイドさんの日本語、俺らより遥かにちゃんとしとって偉いなあ。諸般の事情とか、俺、咄嗟に出てこおへん」

若者の賛辞に、「お褒めに与り光栄でございます」と、英国紳士は謙遜することなく、胸に手を当てて舞台役者のように一礼する。

「はー、お褒めにあじゅかり……あいた、舌嚙んだ」

復唱にわかりやすく失敗した若者に、三人いる仲間たちはどっと沸いた。

「そんなんやから、お前の作る歌、歌詞がショボイんや。ロイドさんを見習えや」

「そや。次の曲、タイトルを『諸般の事情』にせえ」

「んなアホな」

同じテーブルを囲む似たり寄ったりの派手な装いの男たちが混ぜっ返し、店内にいる他の客たちも、自然に聞こえてくるそんなやり取りに、思わず笑みを零す。

そんな活気に満ちた温かな店内の空気に、カウンターの奥、コンロの前に立つ大柄な男もまた、満足げに口角を上げた。

まだ春先だというのに、男はTシャツとカーゴパンツ、それにサンダルという真夏のような装いで、ザンバラ髪をバンダナでピタリと押さえ込んでいる。

Tシャツの袖から覗く二の腕も、おそらく誰もがちょっと触ってみたくなる盛り上がった胸筋も、思わず「格闘家ですか？」と訊ねたくなるレベルだが、彼の職業は料理人である。

そう、彼こそが、この「ばんめし屋」のオーナーシェフ……という呼び名はこのノスタルジックな店にはそぐわない、店主兼料理人の、夏神留二である。

彼の見事な筋肉美は、学生時代の登山で培われ、今は、日々の料理と自宅でのちょっとした筋トレ、そして、休日に楽しむボルダリングで立派に維持されている。

「マスターの唐揚げ、旨いからなあ。こないだは味噌唐揚げやったけど、今日のは普通、いや、普通の唐揚げみたいに、醬油を感じひんな」

カウンター席に座る三十代くらいの男性がそう言うと、隣に座る小学生の少女が、ませた口調で「ニンニクも抜きやね」と指摘する。

なかなかの鋭い味覚にギョロ目を見張り、夏神は長身を軽く屈めて、少女の顔を覗き込んだ。

「おお、そのとおりや！　うちは、客商売の人もようけえ来るからな。ニンニクはあんまし使わんようにしとるねん。ほな、何で味つけたと思う？」

少女はちょっと困り顔で、父親と反対側の隣に座る母親に助けを求める。

「えー？　なんやろ。ママ、何やと思う？」

母親はちょっと恥ずかしそうに笑って、迷わず夏神に降参宣言をした。

「ママ、唐揚げは買ってきた唐揚げ粉で作るからわかれへんわ。塩？　教えてください、マスター」

ほぼ満席の店内で、他の客たちも、興味津々の眼差し(まなざし)を夏神に向ける。

夏神はちょっと勿体(もったい)ぶって、カウンターの上に、一升瓶をどんと置いた。

「まずは酒」

「お酒、しょっぱくないやん！」

少女がすかさず突っ込む。この反応速度は、さすが関西育ちと言うべきだろうか。夏神も、即座に言い返す。

「そやから、まずは、って言うたやろ。次は……これや！　ちょー、舐(な)めてみ」

次に夏神が手にしたのは、茶筒によく似た形状の陶器だった。コルク製の蓋(ふた)をヒョイと取った彼は、中身を少女のほうに向ける。

容器の中には、たっぷりと茶色い、少し湿った感じの粒状の物体が入っていた。粒子が適度に細かいので、まるで海岸の砂を取ってきたようにも見える。

「舐めても死なへん？」

「死ぬようなもんを、定食屋で使うかいな」

「爆発も、せえへん？」

「たぶん、せえへんと思うで。知らんけど」

関西人独特の言い回しをする夏神のいかつい顔と容器を幾度か交互に見た少女は、両脇に座る両親に向けて、「爆発したら、仇は取ってや！」と言うなり、思いきりよく指先を茶色い粒の中に突っ込み、つまみ上げた少量の粒を口に入れた。

真剣そのものの顔で粒を味わった少女は、一瞬の笑顔を経由し、膨れっ面になって夏神を睨んだ。

「砂糖やん！」

夏神は目尻に笑いじわを刻み、容器にきっちり蓋をした。

「砂糖やで。旨かったやろ。喜界島のきび砂糖や。さとうきびから作るねん」

だが少女は、やはり怒ったままで反論する。

「砂糖は甘いやん。唐揚げ、しょっぱいから違うよ」

「おっ、ええこと言うなあ。この砂糖はな、隠し味や」

「隠し味？　隠したら意味ないん違う？」

少女は、今度はキョトンとする。テーブル席から、若者たちも口を挟んだ。

「そうそう、隠し味てよう言うけど、隠さんでええん違います？　いや、そやけど甘い唐揚げはちょっとなあ」

「アレ違うか。隠し味て言うくらいやから、普段は潜んどって、唐揚げのピンチになったら現れるん違うか、砂糖」

「ピンチに現れて何してくれるねん」

「それで何のピンチが解消されんねん！」

最高に鋭い突っ込みを入れた若者が、金髪の若者の頭を軽くはたいたところで、夏神は再び口を開いた。

「隠し味っちゅうんは、そういうもんやない。自分の味を前面にどーんと出す代わりに、全体の味の広がりやら深みやらを増してくれるもんを言うんや。密やかに味をようしてくれるから、隠し味っちゅうねん」

少女の母親は、興味津々で身を乗り出した。

「へえ。よく、スイカに塩を振ると甘さが際立つっていうけど、そしたら、唐揚げに砂糖を振ったら、塩味がキリッと際立つんやろか」

夏神は笑顔でかぶりを振った。

「いや、この場合は、塩の鋭い味がやわらこうなるんや。塩味は、これを使うとるんやけどな」

そう言って夏神がカウンターに置いたのは、平べったい半透明の密封容器だった。

中には、何やら白っぽい、ドロドロしたものが入っているようだ。

目の前の容器を、少女の父親は亀のように顔を前に突き出して眺めた。

「なんですか、これ。あ、甘酒やろか」

夏神は、容器の蓋を開け、親子三人に中身を見せた。

「唐揚げを……甘くする……」

「甘酒の親戚、塩麹ですわ」

少女と父親はポカンとしているが、母親は「ああ！」と納得顔で手を打った。

「ちょっと前に流行った奴ですね。何でもかんでも塩麹、塩麹って、味付けにやたら使われてたでしょ。私もいっぺんだけ試してみたけど、けっこう塩味がきつくついてしまって」

「塩麹にもよりけりですけどね。これは自家製やから、さほど塩味は強うないんですけど、砂糖をちょいと足してやると、余計に味がまろうなって、旨いんですわ。あとは、おろし生姜も足して揉み込んで、下味は完成」

何ひとつ隠さず味の秘密を開帳する夏神に、母親は感心しきりで頷いた。

「なるほど。それやったら、うちでも試せそう。やってみよか」

問われた娘は、「うん！」と元気よく頷き、子供にはいささか大きすぎる唐揚げに、元気よく齧り付く。

目を細めてそれを見ていた夏神は、ふと冷蔵庫を開け、中を覗き込んでから、カウンターに両手をついて宣言した。

「味の秘密も明かしたことやし、今日だけは特別……あ、いや、『諸般の事情』で、希望者には唐揚げ一個だけやったら、おかわり可にしょうかいな」

途端に、まるで草原に据えたカメラを早回ししたくらいの勢いで、客のほぼ全員の手が挙がる。

「ロイド、数を数えてんか」

夏神にロイドと呼ばれた英国紳士は、恭しく返事をする。

「かしこまりました！　では皆様、今しばらく、元気よくお手を挙げたままで。そちらの方、片手だけで結構でございますよ」

さりげなく両手を挙げて二個貰おうとする客を礼儀正しく窘め、ロイドは一人、二人、とカウントしていく。

「ママの唐揚げも楽しみやろけど、今日はおっちゃんの唐揚げを腹いっぱい食べていってな？」

夏神が少女に声をかけると、少女は元気よく、「あと五個くらい食べれる！」と、小さな右手の指を思いきり広げて、夏神に突き出した……。

去年の酷暑で、夏場は客足が伸びず、経営的にいささか厳しかった「ばんめし屋」だが、それ以降は徐々に復調し、特に最近は毎日賑わっている。

ありがたいことに、午後六時から七時台の夕飯時には、メニューによっては入店待ちの列ができるほどだ。

ただし、この時間帯は、同じタイミングで客が押し寄せる傾向があるので、皆、いっせいに帰ってしまって、ほんのしばらく、客足が途切れることがある。

その潮目のようなものに遭遇したのが、例のテーブル席に座っていた四人の若者たちだった。

「はー、食った食った。みんな帰ってしもたんやな。俺ら、長居し過ぎたやろか」

椅子から立ち上がり、四人のうち、ひとりだけ比較的大人しめの出で立ちの眼鏡の若者が、ガランとした店内を見回して、少し慌てた様子で言った。

「いえいえ。皆さん、今時分は同じタイミングで食事に来られるので、よくあることでございますよ。こういう時間があるからこそ、こちらも落ちついて片付けができます」

旧式のレジを打ちながら、英国紳士……ロイドは、やはり柔和な笑みで受け答えをする。

「皆様、いつもはもっと遅い、お客様が少ない時間帯にいらっしゃいますから、今日は混んでいて驚かれたのでは？」

ロイドにそう言われて、いちばんお喋りでいちばん派手な出で立ちの、例のパサパサ金髪の若者が、「そうそう、この店、実は人気あってんなって」と同意しつつ、全員分の支払いを済ませ、店の入り口脇の壁に立てかけてあったギターケースに手を伸ばした。

他の三人も、順次、自分たちの楽器ケースを手にする。

彼らはセミプロのミュージシャンで、それぞれ他に仕事を持ちつつ、こうして夜や休日に貸しスタジオに集合し、練習やレコーディングに励んでいるらしい。

そして、スタジオの帰り、こうして「ばんめし屋」に立ち寄って、腹を満たし、色々な話に興じるというわけだ。

「今日は、別々の会計やのうてええのんか？」

夏神はカウンターの中から、四人に声を掛けた。

「ええまあ、坂口が」

ひとりが、金髪の若者を指さす。坂口と呼ばれた金髪の若者は、頭を掻いた。

「今日までに作ってくるって約束した曲が、上手いことできへんかって。そのせいで練習もはよ切り上げる羽目になったんで、今日は、お詫びに俺の奢りなんです」

「ああ、なるほど。そら難儀やな」

夏神は簡潔に同情すると、鶏肉を新たに切り分ける作業に戻る。

「マスターはクールやなあ。もうちょっとこう、励ましとか！」

坂口は悪びれない笑顔でそんな催促をしたが、夏神はもう視線も上げずに言い返す。

「そやかて、口で励まされてできるくらいやったら、仲間がどうにかしよるやろ。俺の励ましは、さっきの唐揚げや」

それを聞いて、坂口は目にかかるパサついた金髪を掻き上げ、にかっと笑った。

「あー、それで、おかわり、俺らだけこそっと二個くれはったんですか」

「まあほれ、食べ盛りへの配慮っちゅうやつや」

食べ盛りと言われて、社会人四人はどっと笑い出す。

それぞれご馳走様の挨拶をして、仲間三人が店の外に出ていき、最後にのれんをくぐろうとした坂口は、ふと足を止めて二歩バックで戻ってきて、夏神に訊ねた。

「そう言うたら、さっき言うてはったやつ」

「あん？」

「いや、唐揚げのおかわり、『諸般の事情で』って言うてはりましたけど、あれ、何やったんです？」

夏神は顔を上げ、ああ、と片頬だけで小さく笑った。

「今日は今の時間帯、店員がひとり足らんやろ。満席になると、さすがに多少はこっちがばたつくからな。そのお詫びや」

「特にばたつきなんか、感じへんかったですけど……そう言うたら今日は、五十嵐さんがいてはりませんね。もしかして再デビュー決まって、出ていかはったとか？　そろそろ、ほとぼりも冷める頃かもしれへんですもんね」

坂口は、最後のほうだけ声をひそめてそんなことを言った。

五十嵐さんというのは、この店の住み込み店員、五十嵐海里のことである。

元芸能人の彼は、スキャンダルで事務所を解雇され、実家のある神戸市に戻ってきた。

しかし、家族の反対を押し切っての俳優デビューだったため、実家に拒絶され、途方に暮れていたところを、偶然出会った夏神に拾われたのだった。

以来、海里は、この小さな定食屋の住み込み店員として、調理に接客にと活躍している。

そんな海里についての、坂口の「再デビュー」という言葉に、夏神は太い眉をピクリとさせたが、何も言わなかった。

代わりに、さっきまでニコニコと穏やかだったロイドが、両手を腰に当てて憤慨した様子で声を上げる。

「いいえ！　海里様は、ほとぼりが冷めるのをただ待つような、軟弱なお方ではありません。本日は、朗読のお勉強に行かれているのです」

坂口はそれを聞いて、ますます怪訝そうに首を傾げた。

「朗読の勉強？　五十嵐さんって、お料理お兄さんのイメージ強いけど、もともとは役者だったんでしょ？　じゃあやっぱ再デビューを見据えてるんじゃないんですか？　こう、顔出しは目立つから、まずは声だけ、みたいな」

ロイドの眦が、キリリと吊り上がる。

「ではなく！　あくまでも自己鍛錬でございます！　地道な努力でございます！」

「自己鍛錬……ロイドさんは、ほんまに難しい日本語を嚙まんと言えるなあ。ロイドさんのほうが、朗読しはったらええん違う？　ああいや、とにかく、そっか。芸能界復帰とかは特に考えず、朗読のレッスンを受けるっちゅうことか」

「さようでございます。いつかは舞台に立ちたいけれど、今はそのための実力を養う時期だと、そうお考えなのです」

ロイドの真摯な説明に、坂口はようやく納得した様子で、ギターケースを抱え込み、硬い表面をポンと叩いた。

「なるほどなあ！　ほな、俺たちと一緒やな」

「一緒、で、ございますか？　朗読と、音楽が？」

「ちゅうか、スタンスが。俺ら、人に言わしたら、音楽は副業やん？　俺らの腕ではメジャーデビューとかは期待できへんけど、それでもただの遊びやなくて、たとえ一円でも金を取れるレベルの音楽をやり続けたいて思うて、頑張ってるねん。そやから、五十嵐さんの気持ち、なんやわかるわ。頑張ってって伝えといてください」

「かしこまりました！　ですが是非、またお越しになって、直接お伝えください」

　ロイドもようやく笑顔に戻り、坂口を店の外まで見送る。

　戻ってきたロイドに、夏神は少し心配そうに訊ねた。

「お疲れさん。今日も、大丈夫か？　元に戻りそうな気配、ないか？」

「大丈夫そうですよ。海里様があそこにいてくださる限り、わたしはこの姿のままでいられるようでございます」

　ロイドは屈託のない笑顔でそう言うと、エプロンの上から胸元に右手を当てた。

　実は、どこから見ても英国紳士のロイドだが、これは仮の姿に過ぎない。

　本当の彼は、百年以上の年を経た、古びたセルロイド製の眼鏡なのである。

　イギリスで作られて日本に持ち帰られ、以来、日本人の主に大切に使われるうち、古びた眼鏡には命と心が宿った。

　昔ながらの言葉で言うならば、「付喪神」ということになるだろうか。

主亡き後、打ち棄てられたロイドを海里が見つけたことから、ロイドは海里を主と仰ぎ、海里もロイドを大切な「相棒」だと思っている。

そんな不思議だが強い絆のおかげか、今は海里とある程度離れていても、ロイドは人間の姿に変身したままでいることができるようになった。

今のように海里が不在のときも、こうして主に代わり、夏神の手伝いに励めるというわけだ。

さっきまでは忙しくて余裕がなかった夏神も、改めてロイドの元気な様子を見て、ホッとした様子で頬を緩めた。ずっと揚げ物をしていたので首筋に滲んだ汗を、調理台の端に置いてあったタオルでゴシゴシと拭う。

「そら、よかった。前は暇やったから、イガがおらんかっても余裕で店を回せよったけど、最近みたいにこうも混み合う時間帯があると、ありがたいけど多少はきっついねん。ロイドがおってくれてよかった」

夏神が正直に吐露した本音に、ロイドはニッコリした口元に立てた人差し指を当てる。

「大恩ある夏神様のお役に立てて、何よりでございます。とはいえ、それは海里様にはご内密に。聞けば、きっと『修業』の続行を躊躇われると思いますゆえ」

ロイドの指摘に、夏神も真顔で同意した。

「そやな。せっかくあいつが新しい扉を開こうとしとるのに、邪魔するわけにはいかん。頼りにさしてもらうで、ロイド」

「お任せを！　さ、片付けを致しましょう。いつもと同じでしたら、もうじき、また新たな波が来るでしょうからね」

「せやな。今日は、繁盛の予感や。俺も、今の内にあれこれ作り足しておかんと」

ボウルに切り分けた鶏肉を入れ、さっき客たちに見せた下味、日本酒、きび砂糖、塩麹を目分量で加えて、大きな手でよく揉み込む。日本酒で鶏肉に水分を含ませておくと、いざ揚げたときにもふっくらジューシーに仕上がるのである。

塩麹は比較的早く味が染み込むので、敢えて短時間のつけ込みで仕上げ、鶏肉の風味を生かすのが夏神の好みだ。

ボウルにラップフィルムをかけて冷蔵庫に入れると、夏神は丁寧に手を洗ってから、次の作業にかかった。

「キャベツの千切りはまだたっぷりあるとして……。思いのほかお客さんが多かったから、小芋の煮っ転がしがもうちょっとしかあれへんな」

「おや。今から作り足しますか？　洗い物が終わりましたら、火を使わないことでしたらお手伝い致しますが」

客席から食器を回収し、いざ洗い物を始めようと、ワイシャツの袖をまくりあげ、ゴム手袋をつけながらロイドが声をかける。

だが、夏神は煮っ転がしが入った鍋の蓋を閉め、かぶりを振った。

「いんや。煮物は、時間を置いて味を染み込ませたほうが旨いことが多いからな。芋類は特にそうやねん。せやから、今から作っても今夜は出されへん」

それを聞いて、ロイドはちょっと得意げに言った。

「なるほど！　以前、テレビで見たことがございます。芸能人の方が、煮物は冷めていく過程で味が染み込むと仰っていました！　それでございますね」

だが夏神は、苦笑いで曖昧に首を傾げる。

「実は、俺も師匠にそう習うた。そやけど最近では、そういうことやないみたいやて言われとるなあ」

「おや。あれは間違いでしたので？」

「間違いっちゅうか、『冷めるときに味が入っていく』て教えることで、時間を置くことの重要性を言うとったん違うかな。冷めるときに限らず、時間の経過に従って自然に味が入っていくっちゅうんが、ホンマのとこらしいで」

「ほうほう、なるほど。わかりやすく教えるための工夫というわけですな」

「おう。嘘や間違いっちゅうよりは、そう思いたいな」

飯茶碗にこびりついた汚れをふやかすべく、まずは茶碗を選んで洗い桶いっぱいに溜めた水に沈めながら、ロイドは小首を傾げた。

「では、何か他のものを？」

「そやな。すぐ作れて、ちょっと気の利いたもん……そや。こないだ読んだ本にあって、おっと思った奴を作ってみよか」

そう言うと、夏神はどこかワクワクした顔つきで冷蔵庫を再び開けた。

取り出したのは、小さな密封容器と、卵が二つである。

ロイドは、スポンジに洗剤を少し垂らしてぷしゅぷしゅと楽しげに泡を立てながら、夏神が何を作るのか、興味津々でチラ見している。

「おっと、これも忘れたらあかんな」

夏神は冷蔵庫から、尻尾の部分が少しだけ残っていた大根も取り出し、まずは皮を剝いて、目の細かいおろし金でしょりしょりとおろした。

それから、卵二つを小さなボウルに割り入れ、持っている中でいちばん小さなフライパンに太白ごま油を垂らし、火にかけた。

「で、これや」

密封容器の蓋を開けて、中身をまな板の上に大さじ一杯量って取り出し、包丁で素速く刻んで溶き卵に混ぜ込むと、それをそのままフライパンに流し込む。

「玉子焼きでございますか？」

「そやそや」

「何をお入れになったのです？」

「それは、食うてみてからの楽しみやな。お客さんがおらんうちに、ささっと試食しようや」

機嫌よくそう言いながら、夏神は菜箸で卵をグルグルと大きく掻き回し、均等に火を通しながら、まるで魔法のように、くるくると玉子焼きを俵形にまとめていく。

「本番は卵焼き器で作るけど、今は試作やから、これでええわ」

おおむね形を整えると、夏神はそれを直接皿に取った。

そして、箸でざくざくと割ったそれを、熱に弱いロイド用に十分吹き冷まし、大根おろしにちょっと醬油を落としたものをたっぷり載せて、「ほい」と、洗い物をしているロイドの口元に持っていった。

「やや、これは恐縮でございますね」

特に恐縮していない、むしろ嬉しそうな顔でそう言うと、ロイドは小鳥のヒナのように大きく口を開ける。

「そないメガマウスみたいな勢いで口開けるほど、大きゅうないで」

笑いながら、夏神は箸でつまんだ玉子焼きを、ロイドの口に放り込んだ。

ぱくんと口を閉じ、もぐもぐと咀嚼するロイドの口の中から、ときおり、きゅり、という妙に歯切れのいい音が微かに聞こえる。

「やや、これは……？」

じっくりと味わって飲み込んだ後も、ロイドは怪訝そうな顔で考え込んだ。

「二口目、行ってみるか？」

「……では、もう一度、挑戦を」

ロイドは洗い物をいったん置いて、二口目を目を閉じて、さらに慎重に味わったあと、

「もしや」と、驚きの眼差しで夏神を見た。

「カレーにいつも添える、アレでございますか？」

夏神は、満足げにニッと笑って肯定した。

「そや、福神漬けや。こないだカレー食うた後の残りがけっこうあったんを思い出して作ってみたんやけど、どや？」

ロイドはまだ呆気に取られた顔つきで、それでもはっきりと、「意外なまでに美味しゅうございます」と答えた。

「おっ、ホンマか。ほな、俺もよばれよか」

夏神は、口の大きさに合わせたのか、ロイドに食べさせたのよりずっと大きく切り取った玉子焼きを、豪快に頬張った。二口目には、大根おろしをたっぷり載せて味わう。

「こら、大根おろしが密かにええ仕事をするな」

それには、ロイドも即座に同意した。

「まことに。卵の香ばしさ、福神漬けの甘さに、大根おろしのピリッとした程よい辛味と、ほんのりお醤油の塩気。ああ、さように考えますと、完璧な味覚のバランスといえるのではありますまいか」

「そやな。ああ、確かにこれは予想以上に乙な味や。レシピを見つけたときには『ホンマかぁ？』って言うてしもたもんやけど、こら、発案者に謝らんとアカンな。もそっと福神漬けを細こうしたほうがええかもしれん。大根おろしはマストや。うん、ちょいと茹でた青い野菜でも添えたら、これはええ小鉢になるわ」

「わたしもそう思います」

洗い物を再開したロイドは、つくづく不思議そうに、夏神に訊ねた。

「それにしても、かようなレシピをどこでお見つけに？」

「古い本や」

夏神はそう言うと、厨房の片隅から、大判の冊子を持って来た。

表紙をひと目見れば、とても古いものとわかる。横書きのタイトルは、右から左へ読むように文字が配置されているからだ。

「やや、わたしには、なんとも馴染みの雰囲気のご本でございますねえ。そのわら半紙のよき変色具合、前の主の書斎でしばしば見かけたものでございます」

ロイドは懐かしげに微笑んだ。

夏神も、太い指で、大切そうに慎重にページをめくる。

「ここしばらく、俺、古い料理雑誌を読んで、第二次世界大戦前後の家庭料理を店の料理に取り入れようと勉強中やろ。これは、昭和十四年の、婦人雑誌の附録や。ほれ、見てみ。昭和十四年やのに、イラストも写真も充実しとる」

「そうでございますねえ。昭和十四年でございますか。ああ、懐かしい」

ロイドのしみじみした口調に、夏神はハッとして目を丸くした。

「そうか、昭和十四年言うたら……ええと、俺の計算が合っとったら一九三九年か。お前はこの頃、もう生まれ、ああいや、もう作られとったんやな。俺にとっては知らん大昔やけど、お前にとっては……」

「歩んで来た道のり、と気取ってみたいところでございますが、さすがにその時分は、まだ、ただの眼鏡でございましたからね。実は、与り知らぬ時代なのです」

「ああ、なるほど。言われてみたらそうか」

拍子抜けした様子の夏神に、ロイドは慌てて言葉を添える。

「ただ肌で、いえ、セルロイドで感じると申しましょうか。何となく、知っているような気がするのです。前の主の思い出話によく出てきた時代だからかもしれませんねえ」

ロイドは少し気恥ずかしそうにそう言い、夏神が開いたページを覗き込んだ。

「おや、なかなか面白そうなレシピが並んでいるではありませんか。そこの『生鮭のすき焼き、ポン酢で』などは、味の想像がつくようでつきません」

「ホンマやな。せやけどこのレシピは、松茸を使うことになっとるから却下や」

夏神はふふっと面白そうに笑いながら、パラパラとさらにページをめくり、「これや」と、ロイドの目の前に記事を掲げてみせた。

「まさに、『福神漬けの玉子焼』と書いてありますな。『ふつくりと汁の出るような、軟い玉子焼になさつてください』……ふふ、この小文字が大きく印刷される感じも、懐かしゅうございます。それにしても、文字だけで玉子焼きの食感がわかる、素晴らしい表現ですな。まさに先刻、夏神様が焼いてくださった玉子焼きそのものではありませんか」

ニコニコしてそう言うロイドに、夏神は感心した様子で頷いた。

「確かにな。今やったらテレビや動画で作るところを見せられるけど、この頃はそうはいかん。このレシピだけを頼りに、作ったこともない料理に、家庭の主婦が挑戦しとったんやろな。どのレシピを見ても、簡潔やのに、なんやイメージできるんや」

「面白うございますね。この玉子焼きは、長い眼鏡人生でも、初の珍味でございます。きっと、お客様のお気に召すことでしょう」

長い眼鏡人生でも……と口の中で面白そうに復唱して、夏神は冊子を閉じた。大切そうに、元の場所に戻してから、再び冷蔵庫を開け、今度は卵をパックごと取り出す。

「グルメな眼鏡がそう言うてくれるんやったら、自信持って作れるな。焼いて、形を軽う整えて、大根おろしをたっぷり添えて、あとはモロッコインゲンでも茹でよか」

「ええ、それがよろしいかと」

「よっしゃ」

新しい料理を客に提供することができるので、気持ちが高揚しているのだろう。夏神は、いつもよりご機嫌な様子で、小さな口笛を吹きながら卵を割りにかかる。

そこに、ガラリと入り口の扉が開く音がした。

「おっ、ガラガラやな。ちょうどええわ。今日は八人やねんけど、大丈夫やろか」

ぬっと顔を見せたのは、近所で夜間道路工事に従事しており、先週から平日はほぼ毎晩来てくれる初老の男性である。

どうやら現場のリーダー的存在らしく、いつも若い部下たちを連れてきて、ご馳走してやっている太っ腹な人物だ。

「勿論です。いつもおおきに、お好きな席にどうぞ」

夏神は笑顔で店内に誘う。

「今夜は唐揚げて書いてあったから、みんな楽しみにしとるで。仕事の合間やから酒が飲まれへんのは残念やけど、その分、飯が進むやろ。よろしゅう頼むわ」

そんな言葉が終わらないうちに、リーダーの背中を押して、まだ十代から二十代のやんちゃな部下たちが、作業着のままどんどん入ってくる。

「ほな、今からおかわり用の飯、大急ぎで炊きますわ」

そんな夏神の言葉に、歓声が上がる。

夏神とロイドは、再び忙しく働き始めた……。

＊　＊

一方その頃……。

「へっ……！」

突然、こみ上げたくしゃみを、両手を口に当て、危ういところで押しとどめ、飲み込んで、五十嵐海里はホッと胸を撫で下ろした。

（やっべえとこだった！　こんな大事なところで、俺がクシャミなんかしちゃったら、台無しじゃねえかよ。誰だ、こんなときに、俺の噂をした奴は）

焦りながら視線を向けた先には、飲み物や料理を楽しみながらステージに見入る人々がいる。そしてその向こうにある低いステージ上には、柔らかなスポットライトに照らされ、木製の洒落たスツールに腰掛けているひとりの女性がいた。

いささか細すぎる身体をゆったりした光沢のある象牙色のブラウスと、えんじ色のプリーツスカートに包み、自然な白髪をそのままアクセントにした巻き髪が印象的なその女性は、五十歳は過ぎているように見える。

しかし、老いを上手に味方につけているらしく、敢えて若作りをしない、あっさりしたメイクの顔はむしろ若々しい。

彼女の名前は、倉持悠子という。

かつて、幼い海里のお気に入りの番組「こどもリズムタイム」で「ゆうこお姉さん」と呼ばれ、いわゆる「歌のお姉さん」として活躍していた人物だ。

その後、女優に転身した彼女は、今はこの芦屋市に夫と二人で暮らし、ゆったりしたペースで役者の仕事を続けている。

今、彼女と海里がいるこの場所……カフェ兼バー「シェ・ストラトス」での、毎週水曜日の夜に行われる朗読イベントも、その一つだ。

二ヶ月前、海里は懇意な人気作家、淡海五朗の紹介でここを訪れ、オーナーの砂山悟と悠子による朗読のオーディションを受けた。

　朗読にはいささかの自信があった海里だが、残念ながら、悠子の評価は「まだ舞台に上がるレベルではない」という辛辣なものであった。

　しかし、落胆する海里に、悠子は、自分が朗読のレッスンを受け持つと言ってくれた。以来、彼女のスケジュールが空いているとき、海里は彼女の自宅に赴き、レッスンを受け続けている。

　そして毎週水曜日、悠子の朗読イベントがある日は「シェ・ストラトス」を訪れ、彼女の朗読を実際に聞いて学ぶと共に、店の調理や接客を手伝っている。

　海里がここに通うようになってすぐ、アルバイトの大学生が、「単位が足りなくて進級がヤバい」という慰留できない理由で辞めてしまい、新しい人が見つかるまでは、海里が水曜だけはその穴を埋めるということになったのだ。

　マスターの砂山が、海里のレッスン料を悠子に支払ってくれているので、海里としては、そのお礼働きのつもりである。

（倉持さん、今夜もかっこいい朗読だなあ）

　海里は客席の後方でトレイを小脇に突っ立ったまま、ステージの上の悠子に見とれ、いや、聞き惚れていた。

　今夜の悠子は、淡海五朗の中編を朗読している。いつもはおおむね一時間のステージだが、今夜は作品がいささか長いので、短い休憩を挟み、約二時間、ひとりで朗読を続ける予定だ。

『妹、というのは、年の離れた兄にとっては、実に愛おしい、厄介な存在であると言わねばなるまい。何しろ、自分の子を持ちでもせぬ限り、僕にとって妹は人生でただひとり、生まれる何ヶ月も前から知っていて、さらにその成長を日々、目の当たりにしてきた人物なのだ。特別な存在にならざるを得ない。さらに……』

マイクを通して聞こえる悠子の声は、とても淡々としていて、静かである。

レッスンのときには様々なスタイルの朗読をしてみせる悠子だが、この「シェ・ストラトス」においては、基本的に、大仰でドラマチックな朗読をしないことに決めているらしい。

一日の仕事を終え、ゆったりくつろぎながら朗読を楽しみたい。そんな客たちの気持ちを考え、心地よく耳を傾けられる作品と読み方を心がけているのだと、最初に会ったとき、彼女は海里に語った。

今夜も、悠子はそれを実践している。

『妹にとっても、僕は稀有な存在であるはずだ。そうあってくれなくては困る。だってそうだろう。胎児は、僕たちが思っているよりずっと、外界の音を聞いているという。だとすれば彼女は、温かな羊水の中で、母の皮膚を通し、こんにちは、赤ちゃん、と恥ずかしいのをこらえて呼びかける、僕の声を聞いていたはずだ。たぶん、僕の声に返事をしたり、うるさがったりしていたのではなかろうか。彼女もまた、生まれるずっと前から、僕の存在に気付いていたはずで……』

彼女の声には、聞く者の心にじんわり滲み通るような、不思議な力がある。

聞いていると、胸の内側から温かくなってくるようだ。

わざとらしい抑揚も強調もないが、文章を区切るポイントをとことん吟味しているので、言葉がスムーズに聞き取れる。内容がスルリと頭に入る分、物語がもたらす喜びや悲しみ、怒りは胸の奥から自然にわき上がってくるし、そこから浮かぶイメージも、読み手の印象に引きずられることなく広がっていく。

（こんなに素っ気ないほどクールに読んでるのに、お客さんはちゃんと色々感じとって、笑ってくれたり、悲しんでくれたりするんだな。いったいいつになったら、俺もそんな朗読ができるようになるやら）

海里は壁に軽くもたれ、いささかのジェラシーを胸に抱えて、悠子を見つめ、その声に耳を傾けた。

やがて、客席から誰かが手を挙げているのに気づき、海里は足音を忍ばせ、そのテーブルへ赴いた。

年配のカップルが海里を手招きし、「ハイボールを二つ、おかわりで。あと、何かおつまみを、マスターのおすすめで」と囁き声で注文する。

やはり「かしこまりました」と吐息にちょっと色がついた程度の声で返事をして、海里は店の入り口近くにあるバーカウンターへ向かった。

「ハイボール二つ、あと、おすすめのおつまみを、だそうです」

カウンターの中にいるのは、この店のオーナー、砂山悟である。小柄な彼は、カウンターの中に踏み台を置き、そこでドリンクとフードをひとりでせっせと作っている。やけにツヤツヤした公家顔と、イギリス人でもクリスマスシーズンにしか着ないような、いわゆる派手な「ダサセーター」を着込んだ彼は、カウンターから軽く身を乗り出すように客席を見た。

「どのお客さんかな？　常連さん？」

「名前は知らないですけど、何度かお見かけしたことがある人ですよ。年配のたぶんご夫婦で、旦那さんのほうがおヒョイさんにちょっと似てる……」

「あー、わかったわかった。久保田さんと奥さんね。だったらアボカドだな。奥さんの大好物なんだ」

「へえ。あ、ハイボール、俺が作りましょうか」

「そうね、頼むわ。ちゃちゃっと作って、先に持ってってあげて。悠子さんのステージ、今日はいつもより遅く始まっていつもより長いから、お客さんが長居してくれて、注文が途切れないからありがたいねえ」

「そうっすね」

「ああ、君は定食屋に戻るのが遅くなっちゃって気の毒だけど、今日は付き合ってよ。あっ、ハイボールは、久保田さんちのは特別に『白州』で作ってあげて。ちょっぴりスモーキーな奴が好きなのよ。あとちょっと薄めにね」

砂山はホクホクした顔で、籐編みのバスケットから食べ頃のアボカドを選び始める。

海里はカウンターの中に入り、冷えたグラスを二つと指定のウイスキーのボトルを調理台に置いた。

グラスの縁から出ないギリギリまで氷をたっぷり詰め、そこにまずはウイスキーをワンショット、つまり三十ミリリットル注ぐ。そこに、グラスの縁に沿わせるようにゆっくりと炭酸水を注ぎ、最後に一度だけ、ぐるりとゆっくりステアすれば完成である。

本当は、ウイスキーと炭酸水は一：四の割合が黄金比だそうだが、今回は少し炭酸水を多めにしておく。

「じゃ、持っていきます」

アボカドを二つに切り分け始めた砂山に一声かけて、海里は再び客席に向かった。

久保田さん夫婦のテーブルにハイボールを運び、おつまみはもう少し待ってくださいと耳打ちしてから、周囲のテーブルの空いた食器を下げて回る。

(悠子さんの朗読、ずっと聞いていたいけど、そろそろ洗い物をしないと、皿が足りなくなりそうだな)

海里が再びカウンターの中に入ろうとしたそのとき、入り口の木製の扉がガタガタと鳴った。

この「シェ・ストラトス」は、砂山がかつてカフェだった建物を、そのＤＩＹ感と時代がかった古さが気に入って購入したため、必要最低限しか手を入れていない。扉の建付けがいささか悪いのも、味わいとしてそのまま受け入れているようだ。

しかも扉が観音開きでノブも何もないので、時々、上手く開けられない客が現れる。

「あ、俺が行きます」

海里は下げた食器を載せたトレイをカウンター越しに砂山に手渡すと、やや不器用な客を出迎えるべく、そっと扉を開けてみた。

果たして、そこには三十代前半くらいの女性がひとり、立っていた。

彼女の向こう、ちょうど店に横付けする状態でタクシーが一台停まっており、運転手が心配そうにこちらを見ている。おそらく、彼女をここに連れてきたタクシーだろう。

海里が「大丈夫」という代わりに片手を上げて合図すると、運転手はガラス越しに安堵した表情を見せ、そのまま去って行った。

「いらっしゃいま……あ」

愛想良く挨拶しようとした海里は、ギョッとした。

目の前に立つ女性が、両の瞼を閉じているのに気付いたからだ。

「あ、あの」

「すみません、こちら、『シェ・ストラトス』さんで合ってますか？」

「は、はい、そうです」

「今日はこちらで、倉持悠子さんの朗読が聴けるって……」

会話を続けるあいだも、女性の両目は閉ざされたままだ。

「ああ、はい。毎週水曜は、倉持さんの朗読イベントやってるんで。いつもはもう終わる時刻なんですけど、今日は都合で遅くスタートしましたし、いつもより長い話なんで、あと三十分くらいはやってるかな」

戸惑いながらも受け答えをした海里に、女性は満足げに頷いてこう言った。

「よかった。まだ入れるようなら、三十分だけでも聴きたいんですけど、構いませんか？」

「大丈夫ですよ。イベント中は、テーブルチャージとワンドリンクご注文をお願いしてるんですけど、それでもよろしければ、是非どうぞ」

海里がそう言うと、ストンとしたシンプルなワンピースに、ややオーバーサイズの厚手のカーディガンを羽織ったその女性は、やはり目を閉じたままこう言った。

「わかりました。あの、私、目がとても悪いんで、歩行介助をお願いしてもよろしいでしょうか」

ハキハキした口調できっぱりそう言われて、海里は面食らってしまった。

（ああ、なるほど。それで目を閉じてるんだな。ええと……歩行介助、介助って）

バリアフリーにはほど遠い店である。しかも今は朗読イベントの真っ最中なので、スムーズな着席のためには、テーブルまで海里が案内する必要があるということは、勿論理解できている。

しかし、実際に介助を行うのは初めてなので、どうにも要領がわからないのだ。

（介助って言われても、いきなりお客さんに触るわけにもいかないし、どうすりゃいいんだ？　手を引く……？　それとも何か、特別なやり方があんのかな）

そんな海里の戸惑いをすぐに感じとったのだろう、女性は、丸みを帯びた優しいボブカットの髪を軽く撫でつけてから、左手を軽く海里のほうへ上げた。

「私の手を取って、あなたの右肘のすぐ上あたりを握らせてもらえませんか？」

「あ、じゃあ、失礼して。えっと、こういう感じ……でしょうか」

海里は恐る恐る女性の手を取り、言われたとおり、自分の右の肘関節に導いた。

それだけの動作で、心臓がバクバクと過剰なまでに脈打ち始める。

目が不自由な人を介助するのも初めてだが、かつて、若手女性俳優とのスキャンダルをでっちあげられ、無実の罪で芸能界を追われた海里だけに、女性との直接的な接触には、未だにいささかナーヴァスなところがある。

女性客の手を取るという動作だけでも、今の海里には、かなり勇気が必要なアクションなのだ。

「これで、いいですか？」

いささか上擦った声で海里が訊ねると、女性は軽く頷いた。

「大丈夫です。あとは、普通に、少しだけゆっくりめに歩いていただければ」

「普通に？　普通って……普通に？」

狼狽しっぱなしの海里の質問はまったく要領を得ないが、女性はニコリともせずに頷いた。

「はい、普通に。けど、足元に段差や障害物があるときは、事前に教えてください。転ぶんで」

「あーっと、なるほど、わかりました。そんじゃ、歩き始めます。さっそく、軽い段差があります。ちょい右足上げてもらって、前のほうに着地……オッケー、そうです。わかります？」

女性は、フラットシューズを履いた足を言われた通りに動かして、入り口の低い段差をみずからの足の裏で感じとり、ようやく淡く微笑して頷いた。

「わかります。そんな感じでお願いします」

「了解です。ちょっと、店に入るなり通路が狭いんで、ガチでゆっくりめに歩きます」

海里はそう言い置いてから、女性の半歩前に立って歩き出した。ひんやりした手の感触を肘関節に感じて、身体が勝手に緊張する。

普通に歩いてくれと言われたのに、何故か女性よりも海里のほうがぎこちなく、長い両脚をロボットのようにギクシャクさせながら、客席のほうへ誘う。

いったい何ごとかとカウンターから身を乗り出した砂山も、すぐに彼女の目元に気付いたらしく、「いらっしゃいませ」と小さな声で挨拶をするに止めた。

席がほとんど埋まっており、しかも目が不自由な女性を、狭いテーブルの隙間を縫うように移動させるのは難しい。そこで海里は、最後列の二人掛けの小さなテーブルに、女性を案内した。

「目の前に、スツールがあります。手、移動させていいですか？」

「お願いします」

ヒソヒソと話しつつ、海里は女性の手を自分の肘から外し、スツールの座面に移動させた。

触れたときは冷たかった女性の手が、今は温かくなっている。もしかすると、彼女もまた、初めてこの店を訪問するにあたり、かなり緊張していたのかもしれない。

「あ……倉持さんの声や」

スツールの座面を探りながらゆっくり着席した女性は、ホッとした様子で、悠子の朗読に耳をそばだてた。

物語はかなり進行して、妹が連れてきた恋人ととんちんかんな問答をしてしまう、哀れな兄の独白が続いている。

早くも、妹の恋人と兄のコミカルなやりとりに引き込まれていきそうな女性に、海里は申し訳なさそうに、囁き声で問いかけた。

「お飲み物、どうしましょう。お酒、ソフトドリンク、どちらもありますけど」

「じゃあ……お酒。軽くて飲みやすくて少しだけ甘いのを適当に」

女性はいかにもおざなりに、早口で注文をする。

「かしこまりました。じゃ、もう邪魔しないんで、朗読をお楽しみください。なんかあったら、手を挙げてくださいね。俺、そこそこ近くにいますんで」

「ありがとう」

女性はそう言うと、ステージのほうに顔を向けた。悠子の姿を見ることができない分、全身を耳にして彼女の声に意識を集中していることが、傍目(はため)にもわかる真剣な横顔だ。

(よっぽど倉持さんの大ファンなんだな)

自分の師匠の朗読をこうも熱心に聴いてくれる人をありがたく嬉(うれ)しく思いつつ、海里はそっと彼女の傍を離れ、ドリンクを作るべくカウンターのほうへ引き上げた……。

結局、朗読自体が予定より長引いたこと、そしてアンコールがかかって、最後に八木(やぎ)重吉(じゅうきち)の短い詩をいくつか読んだこともあり、悠子の朗読イベントが終了したのは、午後十時近くだった。

すっかり満足した客たちの多くは上機嫌に帰っていき、残ったのは、イベントの余韻を楽しみつつ、あと一、二杯飲んで帰ろうかという客たちだ。

しばらくは会計で忙しかった海里は、少し気が急(せ)く思いで、さっきの目が不自由な女性のテーブルへ急いだ。

(こういうとき、声を掛ける正しい方法とかもあんのかな。急に話しかけて、ビビらせちゃったりしないかな)

不安に思いつつ、海里は女性の前に立ち、小さく咳払(せきばら)いをしてみた。それが正しい方法だとは思わないが、少なくとも、いきなり話しかけるよりはマシだろうと思ったのだ。

　ぼんやりした様子で飲み物のグラスに口を付けていた彼女は、ハッとしてグラスを置いた。

「さっきの、店員さん？」

「はい。邪魔してすいません。もうじきラストオーダーなんで、何かご注文あったら」

　すると女性は、酷く申し訳なさそうに肩をすぼめた。

「ああ、すいません。イベントに夢中で、せっかく作ってもらった飲み物、すっかり忘れてて……ついさっき、飲み始めたところなんです。あの、今、何時ですか？」

「十時過ぎですけど」

　海里が答えると、女性は「もうそんな時間」と呟き、海里のほうに顔を向けた。さっきと違い、今は瞼が開いている。つぶらな瞳は美しかったが、海里のことがハッキリ見えているような雰囲気ではない。

「あの、目……その」

　どのくらい見えているんですかと不躾に訊ねるのも気がとがめ、海里は曖昧な言葉をモゴモゴと口にした。

　それで、彼の疑問は手に取るようにわかったのだろう。女性は立て板に水の滑らかさで答えた。

「さっきみたいに暗いと、全然ダメなんです。だいぶ明るくなったんで、ぼんやり……

ほんまにこう、そこに誰かいるかも、くらいは、今は何となくわかります」

「……なるほど。大変ですね」

あまりにも陳腐な物言いをしてしまった自分に、海里は頭を掻きむしりたいような自己嫌悪に襲われる。だが女性は「そうですね、少しは」とあっさり答え、それからこう言った。

「ほんまにワンドリンクで失礼するのは申し訳ないんですけど、また来ますってことで許していただいて、タクシー、呼んでもろてもいいですか？　春日町まで」

海里はようやくいつもの彼らしくニッと笑って請け合う。

「了解です！　ワンドリンクはクリアしてもらったんで、全然オッケーです。気にしないでください。じゃ、ちょっと待っててください」

そう言ってレジのある場所へ戻った海里は、提携しているタクシー会社に電話をかけ、すぐに女性のもとに戻った。

「すぐ来るって言ってたんで、五分かそこらだと思います」

そう言うと、女性は正確に海里のほうへ首を巡らせ、「ありがとうございます」と軽く頭を下げた。

では、と立ち去るのも何となく気が引けるし、タクシーが来たら、店の外まで再び介助するのだからと、海里は特に話題もないのに、女性の傍に立っていた。

すると彼女は、ぼってりしたグラスに残っていたドリンクを飲み干し、「美味しい」

と微笑んだ。

「とっても飲みやすいし、お願いしたとおりのカクテルでした。何ですか、これ」

「カンパリかなり控えめの、カンパリ・グレープフルーツソーダです。つまり、カンパリと炭酸水と、グレープフルーツジュース、ちょいガムシロ」

「ふうん……覚えておきます。カンパリやったら、きっと綺麗(きれい)な色のカクテルなんでしょうね」

そんなことを言われて、海里はギョッとした。

「そ、そうっすね。けっこう綺麗なピンク色……なんです、けど」

「大丈夫、一昨年(おととし)まではバッチリ見えてたんで、ピンク色、ちゃんとわかります」

「えっ、そうなんですか？」

驚く海里に、女性は微笑み、自分の目元を指さした。

「一昨年、交通事故で脳をやられて。目は無事やのに、目の神経がほとんど切れてしもたらしいです。この目は確かに見えてるはずなんですけど、それを処理することができんようになったとかで」

「……うわ」

海里は気の毒そうに形のいい眉(まゆ)をひそめた。女性は特に自虐をしている風もなく、あっけらかんとこう続けた。

「私の名前、瞳(ひとみ)っていうんですよ。皮肉でしょ？」

「いや、それは、えええええ……」

完璧に答えに窮する海里に、女性……瞳は、クスリと笑った。

「そこ、笑うところです」

「いやいやいや、笑えないでしょ。あ、すいません。突っ込むところでもなかった」

「ふふっ、突っ込んでくれてもいいんですけど」

「どっちも無理っす！」

あまりにもあっけらかんと自分の病状を語る瞳に、海里もようやくいつもの調子を取り戻し始める。

瞳は空いた椅子に置いてあったショルダーバッグを斜めがけにしながら、「一部でも、聴けてよかった。聴いてたラジオで、ここの朗読イベントの話がチラッと出て、それで初めて知って、慌てて飛んできたんです」と打ち明けた。

海里は興味を惹かれ、つい立ち入ったことを訊ねてしまう。

「飛んでくるほど、倉持さんのファンなんですか？」

瞳は頷いた。

「子供の頃、『こどもリズムタイム』が大好きで。ゆうこお姉さんの歌声、綺麗やったなあ……」

「あっ、俺も！　俺もそうですよ！　番組、滅茶苦茶出たかったですもん」

「私も！」

思わぬ共通項に、二人の顔に同時に大きな笑みが浮かぶ。その楽しい雰囲気のまま、瞳はこう言った。

「だから、もう歌のお姉さんじゃなくても、倉持悠子さんのあの綺麗なお声がまた聞きたいと思ったんです。私、本はもう読まれへんけど、朗読なら聴けるから」

それを聴いた海里は、思いきった様子でこう提案してみた。

「あの、よかったら」

「はい？」

「倉持さんに、会っていかれます？　今、控え室で休憩してるんで、大丈夫だと思いますけど」

海里としては、瞳へのせめてものサービスのつもりで言ったことだった。そんなに大ファンなのなら、会えばきっと嬉しいだろうと思ったのだ。

しかし、そう言われるなり、瞳の顔からすっと笑顔が消えた。そのあまりにも激しい変化に、海里は戸惑ってしまう。

「え？　あの」

「結構です」

「けど、倉持さんの大ファンって……」

「それは本当ですけど、そういうんは結構です」

いったん親しげになった口調も、突き放すように剣呑である。海里はすっかり混乱して、言葉を失ってしまう。

瞳は、感情を消した顔と声で、冷ややかにこう言った。

「だってそれって、同情ですよね。私の目が不自由だから、可哀想だから、特別扱いをしてやろうってことでしょう？」

「いや、そんなことは」

「だったら、他のお客さんにも同じことを言わんと嘘でしょう」

「……あ……」

「そういう同情、してほしくないんです。意味もなく特別扱いをされると、余計に悲しく、情けなくなります。そういうのって、優しい差別じゃないですか？」

話しているうちに、瞳の顔に、苛立ち（いらだ）と怒りをまぜこぜにしたような不愉快そうな表情が広がっていく。

海里が何か言おうと口をパクパクさせたそのとき、カウンターのほうから砂山が声をかけてきた。

「タクシー来ました！」

「……はい！」

返事はしたものの、海里はやはり、瞳にかけるべき言葉を見つけられずにいる。

「帰ります。お世話様でした」

さっきの楽しい会話はなんだったのだと言いたくなるほど冷たく言い放ち、瞳は立ち上がって、無言で左手を上げる。
海里もまた、無言で彼女の手を取り、再び自分の肘に導いた。
一度は温かくなった瞳の手のひらは、また、ひんやりと温度を失っていた……。

二章　上手くいかない日々

瞼の裏で、チラチラと白い光が躍っている。

その光に眠りを破られた海里は、煩わしそうに薄目を開け、布団から手を出した。

掴み取ったのは、スマートフォンである。

時刻は正午過ぎ。

昨夜は、「シェ・ストラトス」で瞳との一件があり、すっかり気疲れしてしまって、店に戻ってからもあまり調子が出なかった。

今朝、重い気持ちで後片付けをして布団に潜り込み、気が立って眠れないと思った数分後には眠りに落ちていたようだ。

(俺の脳、意外と図太いな)

寝たまま両腕両脚を思いきり伸ばし「ううう〜ん」と声を出すと、布団からはみ出した四肢の一部が、ほんの少し、ヒヤッとする。

ようやく本格的に春が近づいてきたのだと、実感できる瞬間だ。

ここしばらくは夜の冷え込みも弱くなり、昨日、「シェ・ストラトス」からの帰り道も、薄手のダウンジャケットが暑いくらいだった。

「うう……もう起きなきゃダメかなあ」

「駄目でございますよ」

枕元で声がしたと思うと、天井を見上げていた海里の視界に、ロイドの整った笑顔がニュッとカットインしてきた。

「どうなさったのです？　昨夜からずっと元気がありませんね。人間は、寝ればたいていのことが解決すると聞いておりましたので黙っていましたが、そのようには見えません。いったい何が？　このロイドがご一緒していないところで、何があったのです？」

さあ理由を聞かせろとばかり、ロイドはどんどん顔を近づけてくる。

海里は寝起きの腫れぼったい顔をさらに不機嫌にしかめ、片手でロイドの額をぐいと押し上げた。そして、そのままの勢いで、自分もむっくり身を起こす。

「起きた！」

この上なくシンプルに宣言した海里は、むくれ顔で立ち上がり、そのままどかどかと部屋を出ていってしまった。

「おやおや。いつもより傷が深いご様子。いったい、どうなさったのやら。やはり、このロイドがお傍に控えていないと駄目なのでしょうかね」

畳の上にちょこんと正座したロイドは、海里が出て行った扉のほうを眺め、腕組みして首を傾げた。

一方の海里は、不機嫌なまま身支度を済ませ、階下の厨房へ向かった。

既にそこでは、夏神が届けられた食材のチェックをしていた。

使う食材は日々変わるので、店に出向いて必要なものを必要なだけ入手することも多いが、重いもの、嵩張るもの、使うと前もってわかっているものは、スーパーマーケットに頼んでおけば、保冷バッグや段ボール箱に詰めて配達してくれるのだ。

「おう、おはようさん」

「おはよ」

いつものように短い挨拶を交わし、海里はエプロンを身につけて、まずはシンクで綺麗に手を洗う。

少し遅れて階段を下りてきたロイドと、届けられた三十キロの米袋を開けていた夏神は、海里の頭上を通り越して視線を交わす。

ロイドが「お手上げ」というアクションをしたので、夏神はボリボリと頭を掻いてから、躊躇いがちに問いかけた。

「ほんで、どないしたんや」

「夏神さんまで!?」

海里は尖った声を出す。夏神は、海里の背後を指さした。

「いやまあ、気になるやないか。昨夜、帰ってきてからずっと冴えん顔しとるし。口数少ないし。まあとにかく戸棚から、米用の計量カップと、チャック付きの密封袋を出してくれや。今日から新しい銘柄の米やで！」

「ん」

海里はムスッとした顔のまま、言われたものを取り出し、カウンター越しに夏神の手元に置いてやる。

口を開けた米袋から、五合ずつ米を量って小分けの袋に詰める作業をしつつ、夏神は再び「ほんで？」と水を向けた。

「それでそれで？」

ロイドも、ニコニコして海里の隣にやってくる。

「ああ、もう。俺のくだらねえモヤモヤを、二人が分かち合ってくれる必要はないんだけどなあ。お節介だよな、ホント」

そうぼやきながらも、海里はどこか嬉しそうな様子で、昨夜の瞳とのやり取りを、夏神とロイドに語った。

黙って聞いていた二人は、海里が話し終えると、同時に溜め息をついた。

夏神は、精米済みの眩しいほど白い白米を丁寧に量る作業を続けつつ、うーんと唸った。

「きっつい言葉やなあ、『優しい差別』て。どっちの気持ちもわかるだけに、何ともよう言わん感じや」

ロイドも、気の毒そうに海里を見やる。

「まことに。まさかそんなことで、悩んでおられたとは」

「悩んでたっていうか、ショックだったんだよ。俺さ、目が不自由なあの人が、大好きな倉持さんの朗読を生で聴きたくて、途中からでもってタクシーで乗り付けてきてくれたのが、ただ嬉しくてさ」

「そうでしょうとも。師匠が愛されて、喜ばない弟子はいますまいよ」

海里は、力なく頷く。

「マジで嬉しかったんだ。俺は倉持さんの朗読を凄いと思うし、大好きだから、本を読めなくなっちゃったあの人が、倉持さんの声で、また物語を楽しむことができるようになったってのが誇らしくて、嬉しくて……だからきっと、倉持さん自身がその話を聞いたら、もっと嬉しいだろうって思ったんだよ。だから」

「そやから、倉持さんのために、その瞳さんっちゅうお客さんに会わせてやりたかった。瞳さんかて、『ゆうこお姉さん』の大ファンなんやったら、倉持さんに会えたら嬉しいに決まっとる……俺かて、きっとそう思うやろな」

「だよね！　俺、おかしなこと言ったわけじゃないよね？」

海里の声にぐっと力がこもる。

夏神もロイドも、同時に深く頷いた。

「俺かて、お前の立場やったら、同じことを言うと思う。ほんで、それを『優しい差別』なんて言われたら、ショック受けると思うわ。ああ、やっと昨夜からのお前の浮かん顔の理由がわかった」

夏神は頷き、米の計量カップをカウンターの上にカタンと置いた。

「落ち込んどるときは、単純作業に限る。特別に交代したろ」

「えー、特に嬉しくはないんですけど！」

不服そうに抗弁しつつも、海里は従順に計量カップを取り、カウンターの外に出て、米を小分けにする作業を引き継ぐ。

入れ替わりに夏神はカウンターの中に入り、届けられた新鮮な肉類の下拵えに取りかかった。

今日使わないものはすべて冷凍するのだが、それぞれ使いやすい状態にして保存しておくと、いざ調理という段になり、手順が省ける。

営業中は、とにかくスピードが求められる仕事なので、下拵えの段階で手間を惜しまないことが重要なのである。

挽き肉は、チャック付きの大きな密封袋に薄く広げて入れ、いわゆる手刀で六等分になるように筋をつけておく。そうすれば、冷凍庫に重ねて収納しやすいし、必要なだけの量をポキポキ折って取り出すことができて便利だ。

ロイドは、各テーブルに置かれた調味料入れを綺麗に拭き、中身の残量を確認するいつもの仕事をこなしつつ、困惑した様子で人間二人の顔を見た。

「それにしても、当の瞳様がお気を悪くなさったということは、海里様の、瞳様を倉持様にお引き合わせしたいというお気持ちは、間違っていたということになるのでございましょうか。この眼鏡には、瞳様の怒りの理由が、よくわからないのです」

「同情」

海里は、瞳が口にした言葉を、ボソリと言ってみた。

そう言ったときの瞳の声には、静かに燃え上がる炎のような憤りがこもっていた。その響きを思い出すと、海里はみぞおちに大きな石を幾つも詰め込まれたような、重苦しい気持ちになる。

「倉持さんに、あとでそのこと話したら、『難しいわね』って一言言っただけだったけど、マジで難しいよ。同情って言われたら、同情もあったと思う。大人になってから、突然視力がほとんど失われるなんて、きっと凄く大変だし、つらいだろ。同情すんなってほうが無理じゃね？」

「まあ、なあ」

夏神は曖昧（あいまい）な相づちを打ちながら、挽き肉の密封袋に、油性マジックで日付と肉の種類を書き込んでいく。

「それとも、そうですか、事故で見えなくなったんですか、へえ、不運でしたねーって他人事（ひとごと）百パーセントで言っときゃよかったのかな。それだと同情成分ゼロだもんな。そっちのほうが嬉しかったってことなのかな。俺なら、全然嬉しくないけど」

ロイドは、塩の湿気が気になる様子で、容器を振って中身の状態を確かめながら、海里の憤りが伝染したように、少し勢い込んで同意した。

「わたしなら、大変な思いをしていることについて、他の方に思いやられ、甘やかされたら、それはもう嬉しゅうございますがね」

「だよなあ。なんかどうも、俺が百パーセント悪いとは思えないし、かといってお客さんを傷つけちゃったっぽいことは、スタッフ側の人間としてはダメダメだし、複雑なんだよ。あの人にまた倉持さんの朗読イベントに来てほしいけど、次に来てくれたとき、どう接すればいいのか、よくわかんねえ」

「難しいこっちゃな。そやけど」

「だけど?」

何かを振り切るように、夏神は広い肩を大きく上下させ、野太い声に力を込めて言った。

「同情されとうない、特別扱いされとうないっちゅう気概は立派や。そこをこそ、まずは讃えんとあかんの違うか? きっと、見えんようになって以来、色んな思いが渦巻いて、それを抜け出したときに残った信念が、それやったんやろ。生きていくために、必要な頑なさなんと違うか?」

「そう言われると、そんな気もしてくるなあ……」

海里が米を掬った計量カップを持ったまま嘆息したそのとき、店の扉が細く開いた。

ひょこっと顔を覗かせたのは、灰色の地味なパンツスーツを着て、ショルダーバッグを携えた、長身の若い女性だった。

　髪を短くして、化粧はおそらく色つきリップクリームしかつけていない。まだ二十代と思われるその女性は、真正面にいた海里と目が合うなり、「うわ」と驚きの声を上げた。

「本当に、五十嵐カイリさんだ！　ここ、『ばんめし屋』さんですよね」

「そうですけど、まだまだ準備中です。うち、開店が五時くらいなんで」

　海里は訝しげに、同時に警戒心を露わに返事をする。芸能人時代の自分を知っている客は、おおむねファンかジャーナリストの二択である。

　この場合、彼女の服装を見るだに、後者の可能性が高い。

「皆さんがいらっしゃってよかった。営業中にお邪魔したらきっと本当に邪魔だと思ったんで、敢えて準備中にお邪魔してみたんです。アポを取ろうと思ったんですけど、今朝から何度かけても、電話が通じなくて」

　そう言いながら、女性はとことこと店に入ってきた。そして、三人の顔をぐるりと見回し、夏神に視線を据える。

「店主の夏神さん、ですよね？」

「そうですけど」

「あの、私、兵庫新聞の……」

「やっぱり記者さんか。こっちに用はないで」

カウンターから重い足取りで出てきた夏神も、海里に負けず劣らずの厳戒態勢で、つっけんどんな返事をする。

学生時代、友人や恋人と共に雪山で遭難し、ただひとり生還した夏神は、精神状態が不安定なまま記者会見に臨み、マスコミに自分だけでなく、自分の家族、そして友人や恋人の遺族の心をズタズタにされた。

以来、海里と同等、いや、それ以上に、マスコミには不審の念を持ち続けているのだ。

そのことも調べてきたのだろう、女性は、まず夏神に深々と頭を下げた。

「私の大先輩たちが夏神さんを痛めつけたこと、私が謝っても仕方ないんですけど、すみませんでした。あの頃は……」

「あの頃は、報道倫理も甘かった。わかっとる。俺にも落ち度はあった。あないな精神状態で記者会見に出て行くんは、精いっぱい心を尽くしたつもりで、ホンマのとこはむしろ不誠実やった。結局、事実やないことを口にして、色んな人を取り返しがつかんほど傷つけたからな。マスコミと俺、どっちもどっちや。とはいえ報道の人間は、まだ好きにはなられへんで」

夏神の正直な、しかし以前よりずっと冷静に自分を見つめた末の言葉に、海里は目を見張る。

女性記者は、「わかってます」と頷き、両手で名刺を差し出した。

夏神は、いかにも渋々といった様子で名刺を受け取り、そこに印刷された情報を読み上げた。

「兵庫新聞、編集局生活家庭部、記者、瀬戸波美……なんや、ええ名前やな。イガと同じ、海にまつわる名前か。いや、名字はもとからやろけど」

夏神の感想に、海里とロイドが夏神の両側に来て、名刺を覗き込む。ロイドは、晴れやかな笑みを浮かべた。

「おやおや！　これは既に楽しいご縁でございますね。海里様に、瀬戸波美様。いかにも瀬戸内海の美しい波、というイメージが広がるではございませんか」

流暢な日本語を操る初老の英国紳士に驚いた様子で、それでも女性記者……波美は、援護射撃を貰ったような気持ちになったのだろう、まだ緊張の面持ちながらも、唇に小さな笑みを浮かべた。

「ありがとうございます。父親が海上保安庁に勤務しておりますので、その流れで、娘の私がこんな名前に……」

「ますます俺と一緒だな。俺の死んだ父親も船乗りだったから、俺は海里って名前になったんだ」

ロイドの言うとおり、不思議な類似点に、海里は思わずそう打ち明けた。たちまち、波美の笑みが大きくなる。

目鼻立ちがくっきりしているので、笑うと化粧っ気のない顔に、若々しい華やかさが生まれる。

「ホントですか！　五十嵐カイリさんのカイリって、本名だったんですね」

「まあね。漢字をカタカナにしただけ。つか、生活家庭部って、何をする部署？」

　そう問われて、波美は張り切って答えた。

「はいっ、兵庫県に暮らす方々の生活に密着した問題や話題、家庭のありように影響を与えるようなこと全般を取り扱ってます！」

「……守備範囲、ずいぶん広くね？」

「ほぼ無限です！」

　いかにも若い記者らしい意欲に満ち溢れた答えに、夏神もだいぶ警戒を解いたらしく、鋭い眼光を和らげて波美を見た。

「無限か。やることが尽きんで、ええこっちゃ。で？　その生活家庭部の記者さんが、うちの店に何の用や？　最初に言うとくけど、俺の昔のことと、イガの芸能人時代のこと、そのあたりをほじくりかえしたら、その瞬間に放り出すで」

「この見事な腕でございますからね。比喩ではないのですよ？」

　ロイドも、夏神の筋肉が隆々と盛り上がった二の腕を指して、波美をやんわりと牽制する。

　大事な主である海里が、瞳とのやりとりで酷く落ち込んでいるので、これ以上追い打ちをかけられてたまるものかという、眼鏡なりの気遣いなのである。

　しかし波美は、笑顔のままで即答した。

「そういうことは、私の守備範囲ではありません！」

「ほな、何を？」

「定食屋さんに取材したいといえば、料理のことに決まってるじゃありませんか」

そう言うと、波美はパンパンに膨らんだ重そうなショルダーバッグを漁り、紙片を挟んだクリアファイルを取り出した。

「こちらをご覧下さい。兵庫新聞の読者さんからメールで寄せられた情報です」

「おう？」

夏神は訝しげに紙片を受け取った。

そこには、数人の読者から、「ばんめし屋」の料理を紹介する、あるいは記事にしたらどうかと推薦するメールがプリントアウトされていた。

ケルベロスのように頭を寄せてメールに見入る三人に、波美は嬉しそうに説明した。

「どれも、この二ヶ月のうちに寄せられたメールなんですよ。皆さん、もともと風変わりで美味しい店だけど、最近、店主が始めた『昔の料理』が興味深くて美味しいとか、懐かしいとか、書いてこられてるんです」

海里は、さっきまでの憂鬱な表情はどこへやら、パッと顔を輝かせて夏神を見た。

「やったね！　夏神さんの戦争前後の料理を再現するチャレンジ、ちゃんと評価されてるじゃん。きっと、直で夏神さんに伝えるのが恥ずかしいシャイなお客さんが、新聞社に知らせようって思ってくれたんだよ」

「こら、驚いたな。年寄りには『昔の料理て言うわりに美味しゅう作りすぎや』って言われるし、若い連中には『年寄り臭い』やら『茶色い』やら言われるし、まだまだ俺の努力が足りんで不評なんかと思うたら、こないな嬉しい投稿があるやなんて」

半ば呆然（ぼうぜん）としている夏神の背中をバシンと叩（たた）いて、海里は弾んだ声を出した。

「みんな、シャイだから憎まれ口とか言っちゃうんだよ。文句言いつつ、食べ残しなんてほとんどないじゃん」

「それはそうやけど」

「ようございましたね、夏神様！」

ロイドもニコニコして、波美に視線を移した。

「よいお知らせをもたらしてくださったこと、お礼を申し上げなくては。ありがとうございます、波美様」

ごく自然にファーストネームを呼んでくる英国紳士に戸惑いつつも、波美は、この流れを逃すまいという強い決意を目に宿し、夏神に向き直った。

「今、『昭和』の時代が見直されていると思うんです。不自由を持てはやすとか、そういうことではないんですけど、今ほど冷蔵・冷凍技術が優れていないので、新鮮な食べ物を大量に貯め込むことが難しいこと、コンロをいくつも使えないこと、調味料や調理方法が限られていること、使い捨てにするものが少ないこと……今、私たちが参考にしなきゃいけないことが、昭和の時代にたくさんあったと思うんです」

「昭和の前半部分やな。後半は今の社会にまっしぐらの時代やろ」

「そうですね。前半部分。戦争が続いて、決して明るい時代ではなかったですが、不自由が多い生活だったからこそ、見習うべきものがあると思ってます」

夏神の指摘を素直に受け止め、波美は真摯な口調でそう言った。そして、再びショルダーバッグから、今度は自社の新聞を取り出した。

「見てください。これが、私たちのチームが取り組んでいるシリーズ記事なんです。『今、振り返る昭和の暮らし』というのがタイトルで、昔の生活の知恵の中で、今の暮らしに取り入れられるものを紹介しています。今日、いくつかお持ちしました」

三人は再び、手渡された新聞記事に見入った。

なるほど、記者が実際に冷蔵庫や掃除機を使わない生活を実践し、よいところ、不便なところをリポートしたり、風呂の残り水をフルに再利用するためのアイデアを列挙したり、「これなんだ？」という表題をつけ、昭和の時代に用いられていた懐かしいアイテムを紹介したり、なかなかに充実したシリーズである。

「へえ。面白いな。このプラスチックの謎の球体、おみくじが入ってるんだ？」

「見たことがございませんねえ」

海里とロイドが感心しきりで未知のアイテムについて語り合うのを、夏神は軽くいなした。

「俺は喫茶店で見たことあるで。百円入れたら出てくるねん。わりとどうでもええ感じのおみくじが」

「引いたのかよ！」

海里は噴き出し、夏神は恥ずかしそうにそっぽを向く。

波美は、「皆さん、仲良しですねえ」と感心したように言ってから、真顔に戻って切り出した。

「凄(すご)く人気記事になったので、これからも続けていきたいと思っているんです。そこで、これまで取り上げてこなかった、昭和の料理について、夏神さんに教えていただきたいと思いまして」

「料理について、て言うても、俺は学者やないから」

「そういう歴史的な知識っていうより、実際に古いレシピを今のキッチンにどう生かすかをご紹介したいんです。ほら、昔の料理って味が濃かったりしますし、使える食材も違うでしょうし、アレンジが必要だと思うんですよね。これだけお客さんが美味しいって言ってるんですから、夏神さんが適任だと思います」

「む……」

「取材させていただけませんか？」

波美は直立不動で、夏神に問いかける。

海里とロイドは目配せしあって、順番に口を開いた。

「いいじゃん、夏神さん。料理を紹介してもらうんなら、嬉しい取材だろ？」

「そうでございますよ。夏神様が何ヶ月も読み込んで、試作を繰り返してこられた古い時代の料理が、皆様の食卓に上るなど、この上なく素晴らしいことではないですか」

二人の強力な援護射撃に、波美はうんうんと頷きつつ、夏神の返事を待つ。

しかし夏神は、いかつい顔をさらに引きしめると、「即答はできん」と答えた。

「ええっ？」

海里の非難めいた声と視線にも、夏神の、急に頑なになった態度は揺るがない。

「話はわかった。しばらく考えさしてくれへんか」

その強い響きから、波美は、これ以上粘っても、事態の好転は見込めないと判断したのだろう。

「勿論です。十分にお考えいただいて、もしご協力いただけるようなら、ご連絡くださ い。私のほうからも、また声を掛けさせていただきます」

と、社会人のお手本のような言葉を残し、新聞記事と読者の投書を置いて去っていった。

波美の姿が引き戸の向こうに消えるや否や、海里は夏神を問い質した。

「なんでだよ！　いい話だったじゃん。別に、俺たちの過去をほじくり返して面白おかしく取り上げる、みたいな話じゃないんだし、取材受けりゃいいんじゃないの？」

「わたしもそう思いますよ、夏神様」

ロイドは新聞を取り上げ、クラシックな枠線に囲まれた「今、振り返る昭和の暮らし」の記事コーナーを惚れ惚れと眺めた。

「ここに、我等が『ばんめし屋』、そして夏神様の料理についての記事が掲載されると思うと、わたしなど、胸躍る心地でございます」

だが夏神は、浮かない顔で厨房に戻った。

「それはそうやねんけどな」

海里は、カウンター越しに夏神に詰め寄る。

「じゃあ、なんで？　考える必要ないじゃん。勿体ぶってるわけじゃないんだろ？　何が問題なんだよ？　料理の紹介、すればいいじゃん！」

自分が問い詰められることを先刻嫌ったばかりの海里が、喉元過ぎれば何とやらで、今度は夏神を質問攻めにする。

だが夏神は、首を横に振った。

「記事は、匿名でも偽名でもアカンやろ。俺の名前、出てしまうやろ」

「そりゃ、そうだろうな」

「例の雪山遭難のことで、俺に腹を立てとる、俺を憎んだり恨んだりしとる人が、俺の知らんとこにもいるかもしれん」

「そりゃ……そうかも、しれないけど」

夏神の深い懸念に気づき、海里の勢いは、面白いくらい簡単にしぼんでいく。夏神は、重々しい声で呟くように言った。

「新聞を読んどって、不意打ちで俺の名前を見て、辛くなったり、しんどうなったり、怒りやら悲しみやらが甦る人が出てくるかもしれんやろ。それを思うと、な」

「けどさあ、そんなこと言い出したら、この先、なーんにもできないじゃん！」

海里の指摘に、夏神はウッと痛そうな顔になる。だが彼は、頑固に言い張った。

「なんもできんわけやない。ただ、表に出んかったらええだけや」

「だけど、いい話だよ？　夏神さんが頑張ってること、みんなに知ってもらって、役立ててもらうチャンスじゃん！　そもそも、雪山で遭難したとき、夏神さんは仲間を助けようと思って必死に行動しただけだろ！　もし腹を立ててる人がいたとしても、夏神さんがヤバいメンタルで言っちゃった言葉を真に受けて、誤解してるだけの人だし！」

「それは、そうやけど」

「誤解は、解けたほうがよろしいのでは？」

「そうそう、もし、記事を見て怒った奴が殴り込んできたら、それこそひとりずつ誤解を解けばいいんじゃね？　それが根本的解決ってやつじゃ……」

「人の心は、そない簡単なもんやない！　お前らには、なんもわかっとらん！」

鞭のように鋭い夏神の大声が店に響き渡り、海里とロイドはヒッと息を詰めて固まる。

自分が二人を怒鳴りつけたという事実に、夏神もまた、大きなショックを受けた様子で項垂れる。大きな拳がギュッと握り締められたのは、ロイドや海里を打ち据えるためではなく、癇癪を起こした自分を殴りたいからだろう。

「……すまん。ちょー、頭冷やしてくるわ」

そう言うと、海里やロイドの返事を待たず、夏神は荒々しく引き戸を開けて、外へ出て行ってしまう。

ピシャン！と引き戸が閉まる音に、海里はヒュッと身を震わせた。

突然、店内には静けさが満ちる。

立ち尽くした二人のうち、先に口を開いたのはロイドだった。

「お怒りでしたね」

悲しげな一言に、海里もショボリと頷く。

「なんか、ガッカリだ」

「ガッカリ？」

怪訝そうなロイドをよそに、海里は客席の椅子を引き寄せ、どっかと腰を下ろした。ついでに、長い脚をこれ見よがしに組み、「はあああ」と、特大の溜め息をついてみせる。

「ガッカリだろ！ 夏神さん、やっと過去にがんじがらめにされるのをやめて、彼女さんのご両親とちょっと和解したり、お墓参りが許されたり、ちょっとずつ前向きに進んでるって思ってたのに。全然変わってないじゃん」

「……海里様、人はまるでスイッチを切り替えるように、簡単に生き方を変えることはできますまいよ」

ロイドはおっとりと取りなそうとしたが、海里は憤懣やるかたない様子で、テーブルをどんと叩いた。その音と衝撃に、ロイドは小さく飛び上がる。

「それはそうだけどさ！　変われるチャンスは、摑むしかないだろ。そりゃ、夏神さんが怖がる気持ちはわかるよ。記者会見で、『仲間を見捨てた』なんてホントじゃないことを口走っちゃった責任を感じてるのも知ってる。けど、一生、そのことで特大の十字架を背負うようなこと、しなくていいし、するべきじゃねえよ。なあ、ロイド。俺、間違ったこと言ってる？」

　ツケツケと訴える間、海里の宙に浮いたつま先は、高速で上下運動を繰り返している。

　それを見て、ロイドは切なそうに微笑んだ。

「いいえ。夏神様も海里様も、間違ったことを仰せではありません。お二方とも、ご自分のお心を真っ直ぐ見つめておられるがゆえの、気持ちの行き違いですな。海里様は、夏神様のことを深く案じておいでです」

「当たり前だろ！」

「このロイドはよくわかっておりますし、夏神様とて、そこはご存じでありましょう。であるからこそ、これ以上諍いにならぬよう、出て行かれたのだと思います」

「……ずるいよ。こういうの、出て行ったもん勝ちじゃん」

　子供のような膨れっ面で、さっきよりは弱くテーブルを平手で叩き、海里は半べそ顔になった。

「なんなんだよ。あっちで怒られ、こっちで怒られ。俺が何したってんだよ。気を遣ったり、心配したりしただけじゃねえか」

「そのとおり。きっと今は、色々なことが上手く回らない時期なのでございます」

「そんな時期いらねえし！」

ロイドの優しい慰めにも気持ちを静めることができず、海里はテーブルをバシバシ叩いて立ち上がった。

ロイドは慌てて、海里に駆け寄る。

「お待ちください。海里様まで出ていかれてしまっては、お店の仕込みが」

「どこにも行かねえよ。外に出たら、むしろ夏神さんと鉢合わせするかもしれないだろ」

「おや、それはそうでございますね。では」

「仕事する。米をとっとと分けて、冷蔵庫にしまい込んで、肉団子のたねをこねる。夏神さんが出てったから、今日は俺がシェフになってやる！」

憤然と宣言して、海里は再び計量カップを手にした。そして、物凄い勢いで米を量り始める。

「その意気でございますよ、と言っていいものかどうか……。夏神様は、どちらまで行かれたのでしょうね」

心配そうに店の引き戸を開けて外を見回し、ロイドは悲しそうにそう呟いた……。

＊　＊

そして、翌週の水曜日、午後六時過ぎ。

海里は再び、「ばんめし屋」から芦屋川沿いにずっと北上し、阪急電鉄の線路よりさらに北側にあるカフェ兼バー「シェ・ストラトス」に来ていた。

今日も予定どおり、倉持悠子の朗読イベントがある。六時半の開演を前に、悠子は狭い控え室で、喉のチューニングをしていた。

「倉持さん、お白湯です」

ノックの後、海里が運んできたのは、彼女が喉を温めるための、六十度に調整した白湯である。大さじ一杯のはちみつが溶かしこんであるのが特徴的で、それは悠子が「歌のお姉さん」をしていた頃から、愛飲してきた飲み物なのだそうだ。

「ありがとう。うん、適温だし、はちみつの濃さもいい。五十嵐君、飲み物を作るのが上手ね」

「きっちりやればいいだけなんで、得意もへったくれもないと思いますけど」

海里は謙遜してそう言ったが、悠子はきっぱりとそれを否定した。

「いいえ、ただ機械的に数値どおり作ったのでは、何か味気ないものよ。美味しいものを作りたいと一心に思う気持ちが根底にあればこそ、作るものが本当に美味しくなるんじゃないかしら。さすが、定食屋さんで働いているだけのことはあるわね」

「そういう、もんでしょうかね」

(だとしたら、ここ一週間の俺は、定食屋の店員失格だな)

曖昧な返事をしながらも、海里の心の中には、自己嫌悪が渦巻いていた。

兵庫新聞の記者、瀬戸波美がやってきて、一波乱あったあの日、夏神は結局、一時間ほどで戻ってきて、それきり何ごともなかったかのように仕事を再開した。

海里とロイドにも、「大声出して、すまんかった」ときちんと詫びてくれたし、それ以降、刺々しい態度をとることもない。

ロイドは「さすが夏神様は大人でいらっしゃる」と感心していたが、海里はそう単純に片付けることはできなかった。

夏神の心が未だ揺れ続けているのは、波美が残していった新聞記事や読者の投書が、厨房のレシピ本置き場にそっとしまいこまれていることでわかる。

あれ以来、夏神は取材を受けるかどうかについて何も言及しないが、海里は、新聞の向きが毎日のように変わっているのに気付いている。

夏神は、密かに何度も記事を読み返し、その素晴らしさを認めているのだろう。だからこそ、取材を受けたい気持ちと、取材を受けたために、再び日常生活が乱され、不必要な怒りや悲しみを再び甦らせてしまうことを恐れる気持ちが拮抗しているに違いない。

(それならそれで、相談してくれりゃいいじゃん。何が、「何もわかってない」だよ。

そりゃ、全部はわかってないけど、ちょっとはわかってるよ。同じ釜の飯を食ってる仲間じゃん)

心の中でブツクサ言いながら、海里は控え室を出て、ホールで開演を待つ客たちからいくつか注文を受けて、カウンターに戻った。

「マスター、ハートランドビール二つ、モヒート一つ、ミント多めで、あと、シークワーサースカッシュ一つと、ゆずスカッシュ一つ、ナッツ盛り合わせと、モッツァレラとトマトのコロコロサラダひとつ、フィッシュアンドチップスひとつ、チキンバスケットひとつ、以上です」

カウンターの中で飲み物を早速用意し始めた砂山は、小さな目をパチパチさせた。

「メモも取らずにそれだけ覚えてきたの！　すっごい記憶力だな。さすが日常的に台本を暗記してきた役者だけのことはある」

「あ、いや。俺の役者人生、そんなに充実してなかったんで」

照れ隠しの自虐を口にして、海里は細い身体を折り曲げるようにしてカウンターの中に入った。

「ナッツ盛り合わせ作りますね。あとのフードは……」

「揚げ物をフライヤーに放り込むところまでやってくれる？　あとは僕が」

「了解です。じゃあ、ビールとナッツ、先に持っていきます」

もう二ヶ月近く、週に一度通い続け、砂山との連携も、それなりに取れるようになってきた。

新しいアルバイト店員がなかなか見つからないらしく、まだしばらくは海里がヘルプに入ることになりそうだ。

すっかりお気に入りになった、アルミ製の、縁が高く立ち上がったバル用のトレイにビールとグラス、そして木製のボウルいっぱいのナッツ盛り合わせを載せ、海里は再びホールに向かった。

「さて、そろそろカクテルができる頃かな」

カウンターの近くまで来た海里は、店の入り口に誰かが立っているのに気付いた。

こけしを思わせる丸みのあるボブカット、閉じたままの両目、先週とは違うワンピースとカーディガン。

それは、先週の朗読イベントにも来た、瞳という名のあの女性だった。

「瞳さん！　あ、すいません。名字聞いてなかったんで、つい」

海里が声を掛けると、瞳はやはり正確に、海里の真正面に顔を向けた。

「こんばんは、店員さん。お約束どおり、また来ました。私、中山瞳といいます」

「中山さん……あっ、俺、五十嵐です。臨時のヘルプに入ってるんですけど、本来は、倉持さんの弟子です」

入り口で突っ立ったまま自己紹介をされて、海里も慌てて挨拶を返す。

悠子の弟子と聞いて、瞳は少し驚いた様子だった。

「そうやったんですか。道理でお声が聞き取りやすいと思った」

意外な評価に、海里はちょっと嬉しそうに声を弾ませる。

「マジですか！」

瞳は穏やかな微笑を浮かべて頷いた。

「はい。ヒソヒソ声があんなに通る人、珍しいな、耳に気持ちのいい声やなって思ってました。今日もそうです。倉持悠子さんのお弟子さんやったんですね。なるほど」

そう言われると、なんだか自分が悠子にふさわしい声の持ち主だと認められたようで、変なところで素直な海里は嬉しくなってしまう。

いったん先週の軽い口論は忘れることにして、海里は瞳を先導して、先週と同じテーブルに着かせた。

瞳は、壁に触れ、丸テーブルに触れ、スツールに触れて、納得した様子で腰を下ろす。

「あと十分くらいで開演なんで、オーダーを伺って……あと、余計なお世話ですけど、化粧室の場所とか、教えとかなくて大丈夫ですか？」

すると瞳は、少し面白そうに笑った。

「そんなことまで気遣ってくださるやなんて、親切」

「……やっぱし、余計なお世話でした？」

「いいえ。もしかしたら、イベントのあとでお願いするかも。今は大丈夫です。あと、飲み物は、この前と同じので」

海里は、ニッと笑って言い返した。

「同じのでいいですか？　何ならメニューを読み上げますし、おすすめもありますけど」

「他にもおすすめが？」

「俺のっていうか、マスターの。ゆずのシロップをスパークリングワインで割った奴、凄く旨いんで、よかったら」

「美味しそう！　それがいいです」

「オッケー。倒さないように、こないだみたいなしっかりしたグラスで作りますね」

「嬉しい」

今日の瞳は、海里の気遣いを素直に受けてくれる。やはり先週は、何か特殊な地雷を踏み抜いたのだろうか……と思いつつ、海里は砂山に注文を通し、悠子の控え室を再び訪れた。

「もう出番かしら？」

悠子は化粧を直しながら、鏡越しに海里に問いかける。

「あと五分です。もう、お客さんはほとんど入りました。空きは、あと一テーブルかな」

「あら、ありがたいわね。やっぱり淡海先生のおかげかしら。砂山さんと仲良しだから、お作を気持ちよく朗読させてくださって」

「それもあるでしょうけど、やっぱり倉持さんの朗読がいいからですよ。俺、毎回、仕事しながら聞き惚れてますもん」

「あらあら。褒め殺したって、何も出ませんよ。次のレッスンも優しくはならないわよ」

「わかってますって。本音です。それより、例の彼女、中山瞳さんって言うらしいんですけど、今週も来てくれてます」

　そう言われてしばらく考えた悠子は、「ああ」と大きく頷いた。

「あの、目が不自由だっていう方」

「そうそう」

「私に引き合わせようとして、五十嵐君が怒られた方ね」

「……う。嫌なこと、思い出させるなあ」

　鏡に映る、海里の本気の顰め面に、悠子は小さく笑った。

「ごめんなさい。だけど、気になっているんでしょう、彼女のその反応」

　海里は、渋い顔のまま、正直に頷いた。

「そりゃ、ね。普通は、憧れのアーティストに会えるとなったら、ちょんちょん跳ねで喜んじゃうでしょ。そりゃビビリまくるかもしれないけど、怒りはしないと思いませんか？　しかも、同情とか、『優しい差別』とか」

「その言葉にずっと引っかかってるのね？」

　悠子にそう言われて、海里はもう一度「優しい差別」と呟いて、頷いた。

「何だか物凄く引っかかりますね。そんな風に言われたことは一度もないし、差別するつもりなんじゃなかったし」

「でも、同情はしたって認めてたじゃない？」

「そりゃ、しましたよ。するほうが普通でしょ。だけど、大変な思いをした人だから、ちょっといいことがあってもいいだろうって気遣うのは、絶対に差別じゃないと思うんだよなあ。俺、お客さんだから口論はしたくないし、しちゃいけないんですけど、やっぱ引っかかっちゃって」

「気持ちはわかるわ。今日も、そのお嬢さんは不機嫌なの？」

「あ、いえ、今日はご機嫌です。いったいどこに地雷があるんだか」

「どうかしらねえ。……あ、もう時間じゃない？」

悠子は、最後にネックレスの留め金の位置を調整して立ち上がり、海里も控え室の扉を開け、ホールの様子を窺う。

「オッケーです。皆さん、もう静かに待ってます。よく訓練されたお客さんだなあ」

「ありがたいわ。では、行って参ります」

「よろしくお願い致します！」

お互いに礼儀正しく挨拶を交わし、海里が開けた扉から、悠子は特段、気合いを入れる風もなく、淡海五朗の本一冊だけを携えて、ステージに出て行く。

悠子の自然体は、ステージに向かうその足取りから始まっているのだ。

彼女を迎える拍手と歓声を聞きながら、海里は控え室を施錠し、カウンターに向かった。

　ちょうど、瞳のオーダーした飲み物が出来上がっていたので、突き出しのナッツとチョコレートを小皿に盛ったものと共に運ぶ。

「ご注文の、ゆずスパークリングワイン、それからおつまみです」

　悠子がスツールに掛け、朗読の準備を整えている間に、海里は瞳の耳元で囁いた。

　グラスを置く音を頼りに、瞳はテーブルの上に右手を這わせ、グラスと小皿の位置を確認する。

「ありがとうございます」

「朗読、楽しんでください」

　そう言って、海里はテーブルから一歩離れた。

　ちょうどそのタイミングで、悠子はマイクに向かって話を始める。

「こんばんは、皆様。倉持悠子です。今宵も、私の朗読で、ひとときお気持ちを緩め、ゆったりとお楽しみください。今回、お読みするのは、皆さんお待ちかねの、淡海五朗先生のこの店のためだけに書き下ろした短編、『川の傍の店』です」

　今をときめく売れっ子作家、淡海五朗の店専用書き下ろしと聞いて、客たちは拍手喝采で大喜びする。瞳も、両手でグラスを包み込んでから、その手を自分の頬に当てている。

　どうやら、興奮で熱くなった頬を冷やしているようだ。

（いいお客さんたちだな。飲み過ぎない、ちゃんと朗読を聞く、でも超リラックスしてる……）


以前、フードやドリンクが充実したライブハウスに初めて行ったとき、海里はすっかり困惑してしまった。

誰かが一生懸命演奏しているときに、それを目の前で飲み食いしながら余興のように見ることに、大きな抵抗があったのである。

その気持ちは、この店に来るまでずっと心の奥底に残っていたのだが、今は、それも「アリ」だと感じている。

演者が全身全霊で舞台を務めるのは当然のことだが、それは、観客にも同じだけ真摯になれと要求していいということではないのだ。

観客は、他人に迷惑をかけない限り、自分の好きなスタイルで楽しめばいい。

たとえ途中でこっくりこっくり船を漕いでしまったとしても、それは、「眠れるほどリラックスできた」ということなのかもしれない。

演者はただ、観客が満足し、幸せな気持ちで帰途につけることを願えばいい。

それが、朗読の技術以外に、海里が悠子から学んだ大切なことの一つだった。

『その小さな町には、一本の川が流れている。北から南へ、山から海へ。真っ直ぐに街を分断して流れるその川のほとりに、小さな芝居小屋がある。芝居小屋といっても、見かけはただの家だ。中に入っても、机と椅子がバカに多いただの家だと思うかもしれない。しかしよく見れば、その「ただの家」には、とても小さな……本物の猫の額と表現したくなるような、ささやかなステージがある……』

まさにこの店のことを、淡海五朗は洒脱な筆致で軽やかに描写している。それを朗読する悠子の声にも、まさに小説の舞台で朗読を披露しているという喜びとおかしみが滲み、いつも以上に温かく響く。

(今日は、とびきりいいイベントになりそうだな)

そう思いながら、海里は注文をしようと片手を軽く振ってみせる客の元へ、足音を忍ばせ、身を屈めて向かった。

「お疲れ様でした。今夜はまだ八時過ぎですけど、もう一杯くらい飲んでいかれます?」

大喝采のうちに悠子が控え室に引き上げ、一部の客が帰って、少しゆったりしたホールで、海里は瞳のテーブルに近づき、問いかけた。

今回は、声を出す前に、彼女のテーブルの端っこを軽くコンコンと叩いて合図をすることにした。それを、瞳は気に入ったらしい。

「いきなり話しかけられるのが苦手やって、どうしてわかったんですか?」

海里は、苦笑いで正直に答える。

「俺がそうだから。あんま見えてなかったら、余計ビビるでしょ。まだコンコンの音のほうがマシかなって」

瞳は、大きく頷いた。

「ほんまにそう。でももう、五十嵐さんの足音は覚えました」

「マジで？　俺、先週と違う靴、履いてますよ？」

「歩き方の癖って、靴が変わっても同じやから。何となくわかります。五十嵐さんは、左の踵の音のほうが、ちょっとだけ大きい」

「マジで！」

心底驚いて、海里は軽くのけぞる。

「マジです！　目が悪くなって、初めてわかるようになりました。スキルって、一つ減ったら、一つ増えるんですよ」

瞳はちょっと得意そうにそう言って胸を張る。しかし、彼女の誇らしげな笑顔は、十秒と続かなかった。

「それは、あなたの努力の賜ね」

不意に隣から、憧れの倉持悠子の声、しかもマイクを通さない生声が聞こえてきたからである。

「キャッ……！」

ほとんど声にならない悲鳴を上げ、瞳は椅子の上で飛び上がり、両手で口元を押さえた。暗がりではほとんど見えないと言っていた目を思わず見開き、首を左右に向ける。

まだ見えていたときの、キョロキョロするアクションを、無意識のうちにしてしまっているのだろう。

「たった今、いきなり話しかけたらビビるよなって話をしてたとこだったのに！」

海里は呆れ顔で、唐突に登場した師匠を咎めたが、悠子は涼しい笑顔で、空いたスツールを引っ張ってきて、瞳の隣に座ってしまった。

「え……え、え、倉持、悠子……さん⁉」

瞳の声は上擦り、そろそろと下ろした両手の指はブルブルと震えている。今にも、ショックで泡でも吹きそうで、海里は気が気ではない。

だが悠子は、「ええ、そうよ」と穏やかに言って、瞳の右手を取り、自分の両手で包み込んだ。

「ほんとうに……？」

「ええ。だってあなた、五十嵐君が私のところに連れていってあげるって言ったら、それは同情から出た『優しい差別』だから断るって仰ったんでしょう？」

「ちょ、倉持さん！」

告げ口がバレて、海里は大いに狼狽し、瞳はたちまち真っ青になった。口には出さなかったが、彼女も自分の棘のある発言を、海里同様、気にし続けていたのだろう。

しかし、悠子はそんな二人の反応にはお構いなしに、瞳の手の甲を優しく擦った。

「責めているのではないのよ。それを聞いて、あなたに会いたいと思ったの。わかるから。あなたの気持ちは、とてもよくわかるから。……私の話を聞いてくださる？」

憧れの人にそんな風に言われては、瞳も断ることなどできはしない。無言のまま、やっとのことで顎(あご)をぎこちなく上下させる。

「よかった。……五十嵐君、彼女と私に何か軽くて甘くてリフレッシュできて美味(おい)しいお酒をお願い。絶対に、明日(あした)に残らないのをね」

「……なんだか、オーダーのたびに条件が増えてる気がするけど、ラジャー！ なんか作ってもらってきますけど、それまで大事な話は待っててくださいよ。俺だって当事者なんですからね！」

いったい悠子がどんな話をするつもりなのか、胸をざわざわさせながらも、海里は悠子の注文に応(こた)えるべく、小走り寸前の早歩きで砂山のもとへ急いだ……。

三章　そっともたれかかること

「こんばんはー！」

店の入り口が開く音と同時に聞こえた、聞き覚えのある元気いっぱいな女性の声に、海里はハッとして振り返った。その形のいい目がまん丸に見開かれ、反射的に口にした歓迎の挨拶(あいさつ)が、半端なところで途切れる。

「いらっしゃいま……おっと」

「しばしのご無沙汰(ぶさた)だったけど、元気？　我が義弟よ」

笑顔でそう言いながら、薄手のトレンチコートを着たまま両腕をいっぱいに広げているのは、海里の義姉、つまり、実兄である一憲(かずのり)の妻、奈津(なつ)である。

どうやら、いきなり海里をハグしようという魂胆らしい。

エプロン姿の海里は、即座に難色を示す。

「いやいや！　他にお客さんがいるのに、そういうのはちょっと」

「姉が可愛い弟をハグするのに、誰に遠慮する必要があるのよ。ほら」

「えー……必要はなくても遠慮してほしいかも」

「照れない照れない。ほーらー！」

　奈津はツカツカと両手を広げたまま歩いてくると、四人いる他の客の視線などいっこうに気にせず、海里を一方的にギュッと抱き締めて背中をポンポンと叩いた。

「おお、相変わらず細いのに隠れマッチョよねー」

「別に隠してないし、言うほどマッチョでもないし！」

　客ではなく、身内に対するぞんざいな口調でそう言ってから、海里は奈津から身体を離し、カウンター席の椅子を引いた。

　迷惑そうな顔をしていても、そこはちゃんと、奈津お気に入りの定席である。

「ほら、もう大人しくご着席ください、お客様」

「はいはい。よかったわ、元気そうで。ロイドさんとマスターも」

　まずは隣の席に大きなバッグを置いた奈津は、トレンチコートを脱ぎ、スカーフを解きながら、他の二人にも挨拶した。

「いらっしゃいませ、奈津様。ほんとうに、しばしのご無沙汰でございましたね」

　客が帰った後のテーブルを片付けながらロイドは笑顔で挨拶を返し、夏神はカウンターの中、コンロの前というこちらも定席から奈津に声を掛けた。

「どうも、いらっしゃい。仕事、忙しいんですか？」

「本当は暇で暇で仕方ないって言えたらいいんだけど、残念ながら大繁盛なんです。今夜も容態が気になる子がいるから、泊まり込もうと思って、腹ごしらえに来たの」

「そら、難儀ですなあ」

「本当に。一憲さんに当直しますって連絡したら、『気が済むまで頑張れ』の後に、『今夜は母さん自慢の鯖の味噌煮なのに残念だったな』なんてメッセージが来たから、悔しくて！　腹が立つから、私だってここで美味しいものを食べてやるんだわ」

相変わらずちゃきちゃきした口ぶりで話しながら、奈津はボブカットの髪をゴム輪で一つにまとめた。いかにも、今から食事をするための戦闘準備といった趣である。

「大繁盛かあ。そりゃよくないね」

海里の言葉に、今日もテーブル席に陣取っていた例のバンドマンたち……いちばん派手な金髪の若者、坂口が不思議そうな顔で問いかけてきた。

「大繁盛がよくない商売なんてあんの？　つか、五十嵐さん、お姉さんいたんや」

「これは義理の姉上。兄貴の奥さんだよ」

「あー。お兄さんの相方か。道理で似てへんと思った。ほんで？」

「ああ、奈津さんは獣医さんだから、病気の動物がいないほうがいいでしょ。だから、暇なほうがいいってわけ」

坂口たちは、それを聞いて、いっせいに「おー！」だの「すげー！」だのと感心の声を上げた。奈津はちょっと照れ臭そうに、四人に目礼する。

「あの子たちは？」

奈津に小声で問われ、海里もヒソヒソ声で答えた。

「セミプロのバンドマン。近くにレンタルスタジオがあるんだってさ。そこでいつも集まって練習して、ついでにうちで飯食ってくれんの」

「へえ。なるほど、そう言われたら、ファッションにも納得。みんな、個性的でかっこいいわ」

店の入り口に並べられた楽器を眺めて、こちらも感心した様子の奈津は、今度は声を普通のボリュームにして、海里に言った。

「一憲さんとお義母さんが、海里は呼ぶまで帰ってこないってぼやいてたわよ。平日の夜は忙しいでしょうから、週末にでもまた、時間作って顔出してあげて」

そう言いながら、奈津は席に着いた。

海里は、奈津のために熱いお茶を淹れてやりながら、さらっと答えた。

「なんだかんだ言って、実家って敷居高いんだよ。主に兄貴が『ぬりかべ』なんだけどさ」

「わかるけど、一憲さんだって、前ほどは立ちはだかってないでしょ？」

「まあね。けどやっぱ、染みついた恐怖心っていうの？　苦手意識っていうかさあ。あるじゃん。わかるだろ？」

「まあね。だけど、海里君が来ると、それから一週間くらい、一憲さんの話題の四割くらいが海里君になるんだから。ムスッとしてるし、すぐに小言を言うけど、あれで凄く会えて喜んでるのよ」

「四割ってなかなかビミョーじゃね？」

「それはまあ、認める」

海里はカウンター越しに奈津の前に湯呑みを置き、ちょっと思いきったようにこう言った。

「俺さ、今、大先輩の役者さんに、朗読の稽古をつけてもらってるんだ」

「あら。芸能活動、再開したの？」

「や、そういうんじゃねえけど、やっぱ芝居からは離れずにいたいんだ。芸能界に戻るとか戻らないとか、そういうのとは全然別に。で、やるからにはただの趣味じゃなくて、ハッキリした目標を据えてやろうと思って」

奈津は、湯呑みを包み込むようにして、冷えた両手を温めながら首を傾げた。

「目標？　発表会みたいな？」

「似てるけど違くて。淡海先生が紹介してくれた『シェ・ストラトス』っていうカフェ兼バーで、毎週水曜日、朗読イベントをやってるんだよ。師匠とオーナーのお眼鏡にかなう朗読ができるようになったら、そこの舞台に上がらせてもらう約束が……」

「マジっすか！　ついに五十嵐さんオンステージっすか！」

テーブル席から、眼鏡の若者……どうやら杉崎というらしい……が、声を上げる。海里は、はにかんだ顔で頷いた。

「まだ先だけど、そこを目指して頑張ってる」

「俺らと同じっすね。俺らも、芦屋市のイベントのステージに出してもらえるようにっちゅうんが、当座の目標なんで」

そう言ったのは、バサバサの金髪がトレードマークの坂口だ。

奈津は、バンドマンたちと海里の顔を交互に見て、眩しそうに目を細めた。

「ザ・若人！って感じでいいなあ。キラキラしてるじゃない。そっか。海里君にも、このお仕事以外に自分の夢ができたのね」

「夢っていうには小さいかもだけど」

「何言ってんの。実現可能な夢を積み上げるって、大事なことよ。一憲さんと同じ、堅実なDNAを感じるわ」

奈津は真顔でそんなことを言う。海里はむしろ嫌そうに眉をひそめたが、それについてはノーコメントでこう言った。

「だからさ、奈津さん。俺、今実家に帰ってただダラダラするより、一週間でも早く舞台に立てるように頑張って、初ステージには、奈津さんにもお母さんにも、兄ちゃんにも来てほしいんだ。二人には、そう言っといてもらえる？」

それを聞いて、奈津はにかっと笑って頷いた。

「そういうことなら、喜んでメッセンジャーになるわ。私も何だか嬉しい。楽しみにしてるわね」

「うん。まあ、ちょいと気長に待ってて」

そんな会話をしながら、海里は調理台の上に皿を五枚並べた。

ちょうど坂口たちも、奈津のすぐ前に来たので、夏神が急遽、一人分の材料を追加し、五人分を同時に仕上げようとしているのに気付いたからだ。

下げた食器をひとまずシンクに置いて、ロイドは冷蔵庫から取りだしたボウルから、キャベツの千切りをそれぞれの皿に気前よく盛りつけていく。

人の姿になっているとはいえ、もともとがセルロイド製の眼鏡なので、ロイドは火と熱に弱い。厨房でロイドがいられる場所は、ガスコンロから極力離れた、冷蔵庫とシンクのあたりだけなのだ。

一憲と婚約して以来、料理に興味を持ち始めた奈津は、手際よく料理をする夏神の手元を眺めながら問いかけた。

「ねえ、マスター。表に書いてあった、今日の日替わりの献立……」

「はい？」

夏神は、揚げ鍋から視線を上げ、奈津を見る。

「メインが『豚肉と大根の重ね蒸し』なのはとってもわかりやすいですけど、副菜の『高野豆腐のらふ焼き』って何ですか？」

「あっ、そう、それそれ！　俺らも不思議に思うてて。ラフに焼く？　つか、高野豆腐を焼くて、ないでしょ」

坂口たちも、盛んに不思議がる。

海里は、蒸し器の蓋を開け、軍手をはめて、熱々に蒸し上がった豚肉と大根の器を取り出しながら、フフッと笑って答えた。

「俺も、何だろって思ったけど、夏神さんが掘り起こしてきた、昭和十四年のテキストに載ってる料理なんだって」

「えええ？　そんな古い料理？」

奈津は面食らった顔で目をパチパチさせる。驚かされた猫のような表情だ。

「ここ何ヶ月か、昔の家庭料理を、店の献立に取り入れるっちゅうんをやっとるんですよ。俺、修業先が洋食店やったから、和食はまだまだ勉強不足で。昔の料理は、ええ教材になってくれます」

夏神は、網の上で慎重に焼いていたものを、菜箸で小鉢に盛りつけながら答えた。そして、海里は皿と小鉢をカウンター越しに奈津の前に置き、ロイドは料理を載せた大きなトレイを持って、坂口たちが待つ客席へと運ぶ。

海里は続いて素早く味噌汁とご飯を人数分よそい、たちまち五人分の日替わり定食がそれぞれの前に揃った。

客たちは皆、ほぼいっせいに、「らふ焼き？」と小鉢を覗き込んだ。

そこにあるのは、確かに高野豆腐である。

しかし、表面が妙につるっとしていて、しかもこんがり焼き色がついている。何とも不思議な光景だ。

坂口は、仲間たちと顔を見合わせ、夏神のほうへ向き直った。

「何すか、これ。ええ匂いはするけど」

奈津も小鉢に顔を近づけ、野の獣のように熱心に匂いを嗅いでから、明るい声を上げた。

「この香ばしくてどこか懐かしい匂い……卵を使ってる？」

「すげえ、大当たり！　さすが、何でも匂いを嗅ぐ獣医！」

海里とロイドはパチパチと拍手し、夏神は満足げに頷いて説明を加える。

「その『らふ焼き』っちゅうんは、昔の仮名遣いですわ。今風に言うたら、『ろう焼き』。『ろう焼き』の『ろう』は、蠟燭の蠟です」

「蠟燭の蠟？　それってカヌレみたいに、本当に蜜蠟で表面を固めた、とか？」

奈津は箸を取ったものの、まだ料理には手をつけず、首を傾げた。

「まさか。蜜蠟なんてリッチな食材、うちでは使えねえって」

義理の弟に指摘され、奈津は軽く口を尖らせた。

「そうよねって同意するのも失礼だけど、確かに小鉢用に気軽に使うようなもんじゃないわね。じゃあ、このつるっとしたのは、やっぱり卵のせい？」

夏神は笑顔で頷く。料理の説明をするときは、いつもはいかつい夏神の顔も、自然とほころぶようだ。

「今日の主菜が、どっちか言うたらあっさりしとるから、副菜は心持ちこってりめにしようと思いまして。普通に高野豆腐を炊いて、切って、それをいったん軽う絞って」

「えっ、せっかく煮たのに？　おいしいおつゆを絞ってしまうの？」

「いったん、ですわ。その汁を一部取り分けて、そこに卵黄を入れてよう混ぜて、高野豆腐を戻して、今度は卵入りの汁を吸わせる」

「なるほど！　それで先に絞ったのね」

「それを網に並べて、時間をかけてじっくり焼いたら完成ですわ。あとは、残った汁でいんげんを茹(ゆ)でて、添えたらしまい」

「へええ」

坂口は大いに驚いた様子で、高野豆腐をパクリと頬張った。そして、もぐもぐと咀嚼(そしゃく)しながら、夏神に親指を立てて見せる。

「これ、意外と旨(うま)い！　アレだ、高野豆腐のフレンチトースト！」

奈津も、高野豆腐を口に入れ、坂口の表現に同意した。

「ホントだ。確かに、和風フレンチトーストね。表面は卵の黄身のおかげで香ばしく焼けて、ちょっとカリッとしてて、でも中はあまーい煮汁と卵のふんわりが生きてる。美(お)味(い)しい。ご飯が進むおかずだわ」

「そらよかった」

美味しいと聞いて、夏神の顔がさらにほころぶ。料理人にとって、それ以上嬉しい言葉はないだけに、笑顔も最上級になろうというものだ。

「でもいちいち焼くの、手間暇かかるでしょうに」

「その代わり、今日は主菜に手ぇかからへんですからね。切って重ねて蒸すだけや」

「それはそれで、凄く美味しいですよ。それに、針生姜と大葉の千切りがついてるから、味変もできるし。かかってるポン酢も、シャープな味でおいしい。これ、うちでも使いたいな」

　夏神はそれを聞いて、カウンターの上にポン酢の瓶を置いた。

「もうちょっとしたら、ゆず酢が高知から届くんで、そしたら自家製のポン酢を作るんですけどね。今はこれです。大阪の八尾の旭食品が作っとる、旭ポンズ。スダチの酸味がシャンと際立っとって、こういう淡泊な料理にはよう合いますわ」

「へえ。マスターは調味料にも詳しいんですねえ」

　奈津がボトルを手に取り、しげしげと眺めていると、店の表で、何かが外壁に軽くぶつかっているような音がした。

　皆、話をやめていっせいに入り口のほうを見る。

　それから引き戸が何度かガタガタと音を立て、ようやくゆっくり開いたその瞬間、声を上げたのは海里だった。

「中山さん！」

　そこにいたのは、海里が「シェ・ストラトス」で出会った目の不自由な女性、中山瞳だった。

丈が長めの紺色のスプリングコートを着ているせいで、女子高生のように見える彼女の手には、今夜は海里が初めて見る白杖が握られている。

　さっき聞こえた音は、彼女が店の外壁を白杖で探る音だったのかもしれない。

　酷く不安げな顔つきをしていた瞳は、海里の声を聞くと、ホッとした様子を見せた。傍目にもガチガチに力が入っていた肩が、すっと二センチほど下がる。

「よ、よかったあ……。ここが『ばんめし屋』さんで合ってるんですね？　五十嵐さんの声がしました」

　手探りで、今自分が開けたばかりの引き戸を探って閉めながら、瞳は安堵の声を上げる。

　海里はすっ飛んで行って、瞳の前に立った。

「いらっしゃい！　うわ、鼻の頭、真っ赤ですよ。もしかして、歩いてきたんですか？『シェ・ストラトス』にはタクシーで来て帰るのに」

　すると瞳は、恥ずかしそうに白杖を軽く持ち上げてみせた。

「ずっとタクシーで乗り付けてたら、お金もかかるし、私の行動力も進歩せえへんでしょう。自分でやれることは、どんどんやっていこうと思って。とりあえず阪神芦屋駅でタクシーを降りて、そこから歩いてみたんです」

「あー、なるほど！　けど、踏切があるし、横断歩道もあるし、距離は短いけど、けっこうハードル高かったんじゃ？」

海里の懸念を、瞳は正直に肯定した。

「ほんまそう！　人も少ない時間やから、迷惑かけることも少ないやろと思ったんですけど、踏切怖いし、道は狭いし、ドッキドキでした」

「しかも、夜は暗いから心配……あ。すみません」

瞳の目のことを忘れ、海里は迂闊な発言をしかかって、狼狽する。だが瞳は、あっけらかんと笑ってみせた。

「そりゃ、明るいほうが、ちょっとは見えるんで助かりますけど、暗いのは基本的に一日じゅう暗いんで、もう気になりません」

自分のハンディを明るく口にする瞳に内心驚きつつ、海里は彼女を奈津の一席置いて隣に座らせた。

二人のやり取りと白杖で、瞳の目の状態は察したのだろう。奈津はすぐに人懐っこい笑顔で挨拶した。

「はじめまして。海里の義理の姉、奈津です。海里君のお友達ですか？」

「あ、あの、中山瞳と申します。五十嵐さんとは『シェ・ストラトス』てカフェバーで会って……」

「あ、さっき言ってた、朗読イベントのあるカフェバー！　じゃあ、朗読がお好きなのね」

「はい。特に、倉持悠子さんの朗読が大好きです。五十嵐さんは、お友達っていうか、まだただの知り合いなんですけど、少しお話ししたときに、ここでお仕事なさってるって聞いたんで、家からそう遠くないですし、母の夕飯をパスして来てみました」

「几帳面か！　ただの知り合いはハッキリ言わなくてもいいんじゃないかなあ」

海里は苦笑いしつつ、カウンターの奥に戻り、瞳の食事の支度にかかる。

夏神は、瞳の正面に来て、ごつい身体を屈めるようにして挨拶をした。

「どうも。亭主の夏神です。お話は、イガからちょこちょこ伺ってます。よう来てくれはりました」

「お騒がせしました。すみません、白杖の扱いがヘタなんで、初めての場所やとつい不安で、必要以上にコンコン当てて探ってしまうんです」

目当ての場所にたどり着けたものの、店内の様子がわからず、どうにも落ち着かないのだろう。瞳は、目を閉じたまま、気配を探ろうと首を巡らせる。

海里に目配せされて、坂口がいつもの軽い調子で声を上げた。

「熱烈歓迎、いらっしゃいませ～。今んとこ、他に店の中にいるんは、かの有名なバンド『スクワッシュ』の俺ら四人だけですよ。気ぃ遣わんで大丈夫」

仲間たちも、「いらっしゃいませ！」と、さすがのチームワークで声を上げる。瞳はもう一段安堵した様子ながらも、近くに気配を感じる海里に小声で問いかけた。

「あの、『スクワッシュ』ってバンド、私、存じ上げへんのですけど、どういうジャンルの音楽をやってらっしゃるんでしょうか」

「あっ、俺も今、初めてバンド名聞いたくらいなんで、大丈夫っすよ。そういや、どんなジャンルの音楽やってんの？」

海里の質問に、坂口は盛大にずっこけた。

「ちょ、今さら⁉　俺らの音楽は……ええと……何て言うたらええん？」

「おーい！」

時間差で他のメンバーが坂口と同じポーズでずっこけ、口々に「○○やろ！」と音楽のジャンルを口にするが、それが三人、見事に食い違っている。

奈津と瞳は、同時に噴き出した。

「何なのよ、結局。まあ、何でもいいけど、今度聴かせて。……さっきの感じだと、見えなくなってまだ日が浅いのかしら。失礼だけど、白杖、あまり慣れてないみたい」

獣医だけあって、人間の身体のことも多少はわかるのだろう。奈津の鋭い指摘に、瞳は恥ずかしそうに首を竦(すく)めた。

「見えなくなったのは、一昨年(おととし)です。でも、そこから私、誰にも会いたくなくて、何もしたくなくて、実家の自分の部屋に引きこもってしまったんです。何とかひとりで出掛けられるようになったのは、この二ヶ月くらい。つまり、白杖はまだまだ初心者です」

自分の閉じた目と、隣席にバッグと共に置いた白杖を順番に指さして、瞳は小さな声で打ち明けた。

照明が全体的に暗めの「シェ・ストラトス」より、明るい「ばんめし屋」の店内のほうが、瞳の顔がよく見える。

視力をほぼ失った状態では、なかなか身支度や化粧もままならないのだろう。

彼女の装いは、シンプルなニットワンピースにストールという、実に着やすそうなものだった。ワンピースはオフホワイト、ストールはダークグレーなのは、着るものを選ぶとき、色合わせを気にしなくていいようにしているのかもしれない。

卵形の、顎がやや細めの顔に化粧っ気はないが、唯一、しっかりと厚みのある唇だけは、控えめなベージュピンクに塗られている。

「引きこもりっすか！　うちの杉崎もそうやったですよ。俺ら、高校の同級生なんやけど、杉崎だけ一年上なんすわ。担任と揉めて、会いたないから言うて引きこもって一年留年して、晴れて俺らと同級生になったんやんな！」

坂口に勢いよく肩を叩かれ、杉崎は物凄い顰めっ面で眼鏡を押し上げた。

「いや、俺の昔話はええやろ。ちゅうか、中山さんの場合はそういう話と違うやろ。ちゅうか、それ覚えてるんやったら、俺のことはさん付けで呼べや！」

いい具合にオチのついた話に、皆、どっと沸く。

しかし、ひとしきり笑ってから、瞳は静かな声で言った。

「杉崎さん？と、似たようなもんです。視力をほとんど失って、美術館の学芸員の仕事も辞めざるをえんようになって、色んな意味で、闇の中に放り出されました。何をすればいいかわからんかったし、何もしたくなかったし、誰にも会いたくなかった」

海里は、それに対しては何も言わず、ただ瞳の前に、熱いお茶の入った湯呑み(ゆのみ)を置いた。そして、「お茶。熱いから、うんと気をつけて」と小さな声で告げた。

瞳は頷き(うなずき)、指先で探り当てた湯呑みを、慎重に引き寄せた。

「この前、五十嵐さんにウザ絡みしてしもたんですけど、私、ホントに同情されるのが嫌やったんです。それしか言いようがなかったんだって今はわかります。でも、誰に会っても『可哀想に』『気の毒に』『頑張ってね』の三点セット。たまに『運が悪かったね』の四点セット」

やけっぱちのような口ぶりに、やはりキャベツの千切りを皿の上に気前よく盛りつけながら、ロイドが控えめに口を挟んだ。

「わたくし、こちらの従業員のロイドと申します。皆様、素敵な英国紳士と言ってくださいますので、そのイメージでよろしくお見知りおきくださいませ」

そんな自己肯定力の高い名乗りを上げたロイドは、海里が突っ込みを入れる前に、瞳に問いを発した。

「失礼ですが、お目が見えなくなってしまったことには、わたしもつい、『お気の毒でしたね』と申し上げたくなってしまいます。それは、ご迷惑なのでございましょうか」

瞳は、ぽってりした唇に笑みを浮かべ、小さくかぶりを振った。

「いいえ。今は、ありがたいと思います」

「今は、でございますか。では……」

ロイドがさらなる問いを重ねる前に、瞳は祈るように両手の指を組み合わせ、静かに話し始めた。

「私が家に引きこもってると、両親が心配して、腫れ物に触るように接してくれて、それはそれで物凄く息苦しかったんです。正直、私がこのまま家にこもり続けたら、家族ごと心が腐ってしまう。このままやったらあかんと思いました。思えば、それが『どん底』だったんやと思います」

「お察し致します。ご本人もお辛いでしょうが、見守る方々もまた、辛いものがおありでしょうね」

ロイドの相づちには、いつもしみじみとした共感があり、話す者にとっては、優しく先を促す作用があるようだ。瞳も、軽く頷いて、告白めいた話を続けた。

「それで、勇気を出して視覚障害者の支援施設に通い始めました。つい、半年前くらいのことです。白杖を使った道の歩き方も、日常生活の過ごし方も、パソコンを音声で使うことも、色々教えてもらいました。通い出したら、とても充実した日々です。できることが少しずつ増えていくんは、嬉しいもんですから」

「それで、朗読イベントも、行くことができるようにならはったんですね」

夏神は、包丁で大根を紙のように薄くスライスしては、薄切りの豚肉と交互に重ねながら言った。

どの声が誰のものか徐々に把握し始めたのか、瞳は正確に夏神のいるほうを見て答える。

「はい。でも、さっき五十嵐さんが言わはったみたいに、外出はいつもタクシーでした。初めての場所やから自信がないっちゅうのもあったんですけど、それより何より、この白杖を使うことに、まだ抵抗があって。抵抗があるっていうか、単純に嫌やったんです」

「杖を使うことが？」

今度は奈津に問われ、瞳はバッグの上に折り畳んで載せた白杖にそっと触れた。

「見えてた頃の自分は、白杖を使う人を見て、気の毒やなあって同情してたんを思い出して、自分がそう思われる立場になったんが、たまらなく嫌でした」

海里は、夏神に手渡された豚肉と大根の鉢をそろりと蒸し器の中に入れ、蓋をして、瞳のほうを振り返った。

「中山さんは、同情されるのが嫌なんですよね。俺がうっかり、終演後に倉持さんの楽屋に連れていこうかって言ったら、怒られちゃいましたもんね。そういう同情からの特別扱いは、『優しい差別』だって」

瞳はハッとして細い身体を強張らせる。

「五十嵐さん、それは申し訳なかっ」

「あ、ストップ。絶対、謝らないでください。中山さんは、悪くないんで」

瞳の話を敢えて無作法に遮り、海里は素早く言葉を継いだ。

「あのことがずっと気になってたんですけど、『シェ・ストラトス』には楽しみに来てるのに、俺から蒸し返したら駄目だなって思って。でも、ここならいいかな、話してみたいなって思いました」

いいよね、と確認するように、海里は夏神を見る。夏神は、「高野豆腐のらふ焼き」の準備をしながら、「主菜が蒸し上がるまでにしとけや」とボソリと言った。

海里は頷き、カウンターに手をついて、瞳と相対した。

「マジで、あんときはすみませんでした。確かに俺、中山さんに同情してました。見える人より苦労して店に来てくれたんだから、倉持さんに会わせてあげたいって思った気持ちを特別扱いって言われたら、返す言葉がないです。けど、『優しい差別』っていうのは、ちょっとあんまりかなって。俺、差別したつもりはなかったですよ」

「わかってるんです。それは、重々わかってるんです。やっぱり、私も謝まらんとあかんと思います。ごめんなさい。先週の水曜日、倉持さんとお話しするまで、私、自分の心がガチガチなことに気がつかんかったんです。今は……ちょっとはマシになったと思います」

瞳もまた、海里に軽く頭を下げる。海里は困り顔で、それでもやや冗談めかした不平を言った。

「そう、それ！　先週の朗読イベントの後、倉持さんと何話したんです？　俺も交ざりたかったのに、あのあとややこしいフードの注文が立て込んで、俺、全然そっち行けなくて。あとで倉持さんに訊いたって、『残念だったわね』って笑って流されちゃうし」

すると瞳は、憧れの役者に初めて会ったときの感動を反芻しているのか、胸元にそっと手を当てた。

「倉持さんは、五十嵐さんには悪気はないのよ、でも、私には彼の発言に腹を立てたあなたの気持ちが痛いほどわかるって前置きしてから、息子さんを亡くされたときのお気持ちを教えてくれはりました」

海里は驚いて、目をパチパチさせる。

「倉持さん、そんなパーソナルな話をいきなり？」

「はい。他人に『気の毒にね』『元気出してね』って言われるたびに、物凄いしんどくなったって。幸せな人たちから見下されてるような気分になって、同情なんか要らん、誰も私の気持ちなんかわからへん、って腹が立ったそうです。元気を出せって言われても、出るわけないでしょ。頑張れるわけなんかないでしょって」

当時の苦しい心境をサバサバした口調で打ち明ける悠子の声が聞こえるようで、海里は無言で頷く。

「同時にそんな風にひがんで、人の好意を受け止められない自分が嫌で嫌で、誰とも会いたくなかった、話したくなかったって。それ、私とほんまに一緒やわって、ビックリしました。初めて理解されたって感じて、それだけで気持ちがふわあっと軽くなりました」

「あ……」

海里は、またしてもチラリと夏神を見る。

　夏神もまた、雪山で将来を真剣に考えていた恋人を亡くした。その後恐ろしく荒れたらしき彼には、倉持悠子や瞳の気持ちがわかるだろうし、こんな話を聞かされては、フラッシュバックでつらくなるのではないかと危惧したのだ。

（夏神さん、こないだ、兵庫新聞の記者さんが取材させてくれって言ったとき、滅茶苦茶悩んでたもんな。俺が軽々しくもう遭難事故のことはいいじゃん的なこと言って、キレさせちゃったし）

　夏神はあの日から、取材の話は一切口に出そうとはしないし、話を蒸し返して海里を非難しようともしない。

　今の夏神の胸の内は海里にはわからないが、目の前の夏神は、眉一つ動かさず、焼き網の上の高野豆腐を注視しているだけだ。

　夏神の事情など知る由もない瞳は、淡々と話を続けた。

「でも、心を閉ざして時間が経つうち、ふと思いはったそうです。そもそも、他人の苦しみや悲しみなんて、逆立ちしたって本当に理解することも、共感することもできへんのやって。他人が、自分の気持ちにそぐわないことを言うんは、当たり前やわって」

「それは……そうかもですけど」

「それでもなお、どうにか寄り添おうとして一生懸命捻り出してくれた言葉に、自分はむかっ腹を立ててた。そう気付いて、ハッとしたそうです。なんて自分は愚かで恩知らずやったんやろうって」

　瞳はほとんど見えないのだから、相づちはきちんと言葉にしなくてはならないとわかっていながら、海里はどうしても言葉を差し挟むことができず、ただ頷いた。

　しかし、微かな息づかいから、海里の心境を推し量ったのだろう。まるで見えているように瞳も頷き返し、軽く唇を舐めた。

「それからは、まずは誰かが心を寄せてくれたことに感謝しよう、ちょっとした特別扱いは神様からのご褒美やと思って、ありがたく受け取ることにしようと決めたって言うてはりました。『差し伸べてくれる手を、一度は握ってみなさい。離すタイミングは、あなたが決めればいいだけのことなんだから。自立することは大切だけど、それが孤立とイコールになってはいけないのよ』……そんな言葉を、倉持さんにいただきました。ほんまに、刺さるのに温かい言葉をいただきました」

　瞳の話が終わるのを待っていたように、テーブルのほうから、ずび、と洟を啜る音が聞こえた。見れば、坂口がホロリと泣いている。ハードな見かけによらず、ずいぶん繊細で涙もろいたちらしい。

　他の三人も、瞳の話に思うところがあったのか、黙って耳を傾けている。いつもはお喋りなのに、今はさすがに、話を混ぜっ返すことができないようだ。

「そうね。患畜さんにも、そういうところがあるわね」

　奈津は、独り言のように呟いた。

「動物にも、でございますか？」

ロイドは目を丸くする。奈津は、笑って頷いた。

「どんな動物も、基本的に痛みや苦しみは隠すの。弱みを見せたら襲われるっていう本能的な恐怖があるから。私たちに触れられることも嫌がる。治療なんて概念は彼らにはないから、見知らぬ連中に危害を加えられると思うのね」

「ああ、それはそうでございましょう。言葉を尽くしても通じないのは、お困りでしょうね」

「でも、ときに心は通じるのよ。ある瞬間、チャンネルが切り替わるみたいに、スッと身を預けてくれることがあるの。痛みを隠さなくなる子もいる。私の『治してあげたい』って意志は、病気や怪我をした動物たちを可哀想に思う気持ちから生まれてる。それは確かに同情かもしれないけど、ちゃんと心は通じて、差し伸べた手を取ってくれるの。残念ながら、いつもじゃないけどね」

「おお、それは素晴らしいお話でございます」

ロイドは胸打たれた様子で、幾度も頷く。

夏神は、こんがり焼き上がった高野豆腐を三切れ、無言で小鉢に盛りつけた。さっと色よく煮たインゲンをやはり三本添える。

副菜の完成に合わせて、海里は蒸し器から豚肉と大根の細長い器を取りだし、先刻、ロイドが千切りキャベツを盛りつけた皿の上に載せた。千切りの青々した大葉と針生姜(しょうが)

をふわっと蒸し物に添え、ポン酢を掛け回して、完成した料理を瞳の前に置く。

次いで、副菜と味噌汁、そしてご飯を配置すると、瞳は立ち上る湯気を両手で顔のほうに扇ぎ、「色んないい匂いがする」と嬉しそうな顔をした。

「さて、定食が出来上がったから、この話はこれでおしまい、かな。料理はこれから一つずつ説明しますけど、お箸で大丈夫？　フォークとかスプーンとか、出したほうがいいですか？」

海里が訊ねると、瞳は少し考えてから答えた。

「たぶん、お箸で大丈夫です。けど念のため、スプーンだけ貰っていいですか？　取りにくいもんを集めるのに便利なんで」

「ああ、なるほど。オッケーです！」

海里がそう言うなり、ロイドが引き出しからディナースプーンを取り出す。

他の面々も、瞳の話に引き込まれて中断気味になっていた食事を再開した。

それを見届けて、夏神はポンと海里の背中を叩いた。

「すまん。俺、ちょい上へ行っとるわ。お客さん来たら、呼んでくれるか」

「あ、うん、わかった」

咄嗟に頷きつつも、海里は、すっと通り過ぎた夏神の横顔が酷く険しいのに気づき、ギョッとした。

夏神の言葉も行動もあまりにさりげなかったので、他の面々は、誰もそれには気付かなかったようだ。

(夏神さん、大丈夫かな。やっぱ、瞳さんの話にショックを受けちゃったのかな)

心配ではあるが、今は瞳に、日替わり定食の説明をきっちりすることが先だ。

ヤキモキする気持ちをぐっとこらえて、海里は、「そんじゃ、中山さん。日替わり定食ツアーを始めるんで、お手を拝借」と、努めて明るい声を出した……。


「うう、さすがに夜になると、まだ少しは冷え込むな」

すぐ近くの阪神芦屋駅のロータリーまで瞳を送り届けた海里が店に戻ると、ロイドはせっせとトレイに食器を集めていた。

「お疲れ、ロイド」

海里が声を掛けると、ロイドはニッコリする。

「お疲れ様でございます。さっきまでの喧騒が嘘のように、どなたもいらっしゃらなくなってしまいましたねえ」

「ホントだな。でも何だか、胸のつかえがひとつ、スッとした」

「中山瞳様のことでございますね。たいそうチャーミングなお嬢様でした」

「うん。カフェバーでは、なかなかちゃんと話す余裕がないからさ。来てくれてよかったよ。『ばんめし屋』の話、しといてよかった」

海里も、カウンター席の片付けを始めながらそう言うと、ほぼ背中合わせの状態で互いの顔を見ず、ロイドはサラリと返した。

「瞳様も、海里様とお話ししたいとお思いになったのでは？　ですから、わざわざ足をお運びになったのではないでしょうか」

「かもな。俺もちょっとそう思った。だって、実家住まいなのに、わざわざ晩飯食いに来る必要、ないもんな」

「ええ。きっと、海里様を責めてしまわれたこと、瞳様もまた、気に病んでおられたのでしょう。今宵は、お二方ともにとって、よい夜でございましたね」

「うん。奈津さんともしばらくぶりに会えたしな。……けど」

海里の視線は、天井に向けられる。

さっき、不意に二階へ上がってしまってから、夏神はひそとも音を立てない。

古い家なので、二階で歩けば、床が軋む音が階下に聞こえる。それが聞こえないということは、夏神はほぼ動いていないということになる。

「夏神さん、もしかしてふて寝してるかな」

「さあ、それはどうでございましょう」

重いトレイを慎重に厨房に運び込んだロイドは、食器をシンクの洗い桶に入れながら、さりげなく言った。

「瞳様と同様、夏神様もまた、海里様とお話がしたいとお思いなのでは？」

「……こないだ、夏神さんを怒らせちゃったから？」

ロイドは笑顔で肩を竦めてみせる。そのとおり、と言いたいらしい。

「だよなあ。夏神さんが何も言わないし、何ごともなかったみたいな顔してるから、話を持ち出してまた怒らせるの嫌だったんだけど、やっぱ、このままじゃ駄目だよな」

「兵庫新聞の取材を受けるか否かという問題も、まだ決着しておりますまい？　放置してよいわけがないかと」

口調はあくまで柔らかだが、ロイドの指摘には容赦がない。

「だよなあぁ。わかってる。ビビるけど、ちゃんとしなきゃな。……ロイド。悪いけど」

ロイドは手首まですっぽり覆うゴム手袋をつけ、両手をパタパタと振ってみせた。

「はい、行っておいでなさいませ。ただし、お客様がお越しになったら、お二人ともを呼び戻しますから、おそらく、さほど時間はございませんよ？」

「了解。ありがとな」

「はい。ご武運を祈っておりますよ」

ロイドに励まされ、海里は足音を忍ばせて……といっても、やはり足を置くたび、板がミシッと軋むのだが……階段を上がっていった。

一応ノックをして茶の間に入ると、夏神ははたして眠ってはいなかった。

ただ、塗り壁にもたれ、畳の上に両脚を投げ出して座っている。

海里はおずおずと部屋に入り、若干躊躇いながらも、夏神の隣に腰を下ろした。

同じように、すらりと長い両脚を伸ばしてみる。

「俺より脚長い自慢か」

夏神は海里のほうを見ず、ボソリと言った。

無愛想ではあるが、本気で腹を立てているような声音ではない。

「脚細くて長くてすらっとしてる自慢かな」

海里がやはり自分の靴下ばきのつま先を眺めて言い返すと、夏神はようやくそこでフッと笑った。

「こないだ、悪かったなあ。怒鳴ってしもたりして」

横目でチラと海里を見て、夏神はそう切り出す。海里は、むしろ不服そうに口をへの字に曲げた。

「なんで夏神さんが先に謝っちゃうかな。俺が雑なこと言ったのが悪かったのに」

すると夏神は、ゆっくりと首を横に振った。

「いや。さっきの中山さんの話やないけど、お前が俺を心配してくれとんのは、嫌っちゅうほどわかっとるはずやのに、ガキくさいこと言うてもた。『なーんもわかっとらん』なんてなあ」

「いや、マジで夏神さんの気持ち、理解しきれないくせに、偉そうなこと言った。俺こそごめん」

ん、と夏神は唸るように応じ、二人はしばらく沈黙した。

先に再び口を開いたのは、夏神のほうである。

「実はなあ、今日の昼間、お前とロイドが買い出しに行ってくれとる間に、また来よったんや」

「えっ？　あの、瀬戸内海みたいな名前の記者さん⁉」

「瀬戸波美さんな」

「そう、それ。もしかして、取材の件、断っちゃった？」

夏神は、またかぶりを振る。

「まだ決心はついとらんて言うた」

「そっか。そしたら、何て？　もしかして、時間切れ？」

「いや。まだ特集シリーズは続くから、もうしばらく悩んでもろて構わんて言うてもろた」

それを聞いて、海里は胸を撫で下ろした。

「よかったああ」

「ちょうど、『高野豆腐のらふ焼き』の試し焼きをしとったから、味見してもろたら、初めてこんなん食うた、旨い言うて喜んどった。いよいよ記事にしたいて言うてくれたわ。ありがたいこっちゃな」

夏神は本心からそう言っているのがわかる、真摯な口調でそう言った。海里の声にも、自然と熱が籠もる。

「夏神さん、俺さ、あんな言い方したのは悪かったけど、取材はやっぱ受けてほしいと思ってる。ホントは何も悪いことしてない夏神さんが、一生隠れて暮らさなきゃいけないの、やっぱりおかしいよ」

「イガ……」

夏神はきつい眼光を和らげ、大きな肉厚の手のひらで、海里の頭をクシャッと撫でた。

海里はくすぐったそうな、同時にどこか寂しそうな顔つきになった。

「やっぱ、駄目？　断るつもり？」

「ついさっきまで、断るつもりやった。俺が表に出ることで、あの遭難事故を思い出して、辛い思いやら苦々しい思いやらをする人がおったらいかん。その気持ちに変わりはなかったからな」

海里は両手を畳につき、上半身を捻るようにして夏神の顔を覗き込んだ。

「その言い方だと、考え、変わったの？」

「さっきの中山さんの話を聞いとって、ハッとした。『自立は大事やけど、それが孤立とイコールになったらあかん』っちゅう奴や。俺は、自分の人生を狭う閉じることで、他人の心に波風を立てるまいとしてきた。そやけど、それは俺の心も、俺のあの山での行動を誤解しとる人の心も、共に閉ざし続けることとなん違うかと、ここでこうしとって、ふと思うた」

「それ！　それだよ、俺が言いたかったの」

「わかっとる」

今度は海里の頭のてっぺんを手のひらで二度、軽くポンポンと叩いて、夏神は目尻に笑いじわを刻んだ。

「寝た子を起こさんかったらそれで済むっちゅうんは、逃げなんかもしれんな。俺が生み出した誤解は、俺が解かんとどないもならんのや。そのためには、俺から行動してみんとあかんのかもしれん。沈黙より、下手な言葉より、俺の今の姿を見てもらうことで、七転八倒してどうにかこうにか歩いてきた道のりを感じてもらうんが、いちばんええんかもしれん。なんか、上手いこと言われへんけど、そんなふうに思うとる」

「じゃあ……取材オッケー？」

探るように問いかける海里に、夏神はハッキリと頷く。

海里は思わず大きなガッツポーズを作った。

「マジ⁉ やったー！ よし連絡しよう。瀬戸内海さんに連絡しよう！ スマフォの番号、聞いてるんでしょ？ 名刺に書いてあったでしょ？」

「くどいようやけど、瀬戸波美さんな。……言うても、もう時間遅いし」

「まだ十時前だって！ 大丈夫、絶対起きてるよ。善は急げって言うだろ。あと、吉報を伝えるだけなら、絶対嫌がらないよ。ほら、かけて！」

「……そうか？ ほな」

夏神はのそりと立ち上がり、ちゃぶ台の上に置いてあったスマートフォンと、瀬戸波美にもらった名刺を持ってくる。

「ほな……かけてみよか」

「かけてみよう！　取材受けます、詳しくは明日！　でいいじゃん。気が変わらないうちに返事しよう」

「……おう」

海里の勢いに押されるように、夏神は名刺の電話番号を見ながら、太い指で液晶画面を操作する。

海里は、傍で見ているだけなのに胸をどきどきさせながら、夏神が耳に当てているスマートフォンに顔を近づけた。

そして、呼び出し音が途切れ、『もしもし瀬戸です』という弾むような声が聞こえるのを息を呑んで待った……。

夏神が取材ＯＫの返事をした翌日の昼過ぎ、兵庫新聞の編集局生活家庭部の若き女性記者、瀬戸波美は早速、店にやってきた。

ちょうど、起床してブランチを作りかけていた夏神は、「まずは食うてからにしましょう」と申し出て、波美の分まで料理を作った。

夏神が作ったのは、少々風変わりな料理だった。

手開きにした小さめの鰯に少々多めに塩を振り、表面がカリカリになるまで素揚げにしたものを、サンドイッチ用の食パンをトーストしてバターを塗った上に軽く身を崩しながら載せ、レモン汁をギュッと絞ってサンドイッチにする、という手順だ。

「好みで、パンをペロッとめくって、塩胡椒を足してください」

そう言って出されたサンドイッチを、波美は興味津々の顔で矯めつ眇めつした。

「うわあ、面白い。鯖サンドは最近よく見ますけど、鰯のサンドイッチは初めて。これも、昭和の料理？ まさか違いますよね？ むしろどっか他の国の料理でしょう？」

そう言われて、夏神は厨房の片隅から、分厚くて見るからに古い本を取りだした。

「確かに、イタリアのほうに、焼いた鰯を食パンの上に載せるっちゅう料理はあるらしいですが、これはそれと違うて、昭和十四年の本から採ったレシピです」

お相伴する海里とロイドも、「へえ」と驚きの声を上げた。

しかし二人とも、まずはゲストに口をつけてもらおうと、夏神と共に厨房の中で、波美のリアクションを待っている。

「じゃ、お先にいただきます！」

それに気付いた波美は、遠慮なく挨拶をすると、夏神が四つに切り分けて出したうちの一切れを取り、がぶりとけっこうな大口で齧った。

カリッと歯切れのいい音が聞こえ、波美はクルクルした目を輝かせて、さらにいい音を立てて咀嚼した。

「んー！ レモンがきいてて、さっぱり！ 鰯って、メザシだったり、甘塩っぱく煮てあったりするイメージが強いですけど、揚げると青魚特有の臭みが減って、凄く美味しい」

夏神も、波美の反応に気をよくした様子で自分の分のサンドイッチに手を伸ばした。

それを合図に、海里とロイドも待ちかねた様子でサンドイッチを頬張る。

「これは！　なかなか乙な味でございますな」

「うん、旨い。鯖サンドは、がっつりみっちりって感じだけど、鰯は鯖より身が薄いし柔らかいから、カリッ、ほわって感じがする」

夏神ももぐもぐとサンドイッチを味わいつつ、満足げに頷く。

「強めに揚げてほぐすと、どうしても残ってしまう小骨が気にならんようになる。これはなかなかええ食い方やな」

波美も、早くも次の一切れに手を伸ばしつつ、笑顔で同意した。

「美味しいし、むしろ新しい感じがします。こういうの、ハイカラっていうんでしょうか」

「そやな」

夏神は同意して、お茶を淹れるべく立ち上がった。

やかんに水を入れ、火にかけてから、波美に問いかける。

「ほんで、取材はどういう風に進めるんですか？」

波美は慌てて口の中のものを飲み下し、背筋を伸ばして答えた。

「日時はご相談の上で決めさせていただきますけど、まずは料理を実際に一品作っていただいて、撮影と試食をさせていただきたいんです。それから、お話を伺いたいです。内容は、この『ばんめし屋』さんのご紹介と、昔の料理を定食屋の献立に組み入れようとした経緯なんかをメインに。あと、夜にお邪魔して、お客さんの感想なんかも伺いたいですね」

海里は感心して頷いた。

「けっこうガチの記事になりそうだなあ。料理って、どんな奴がいいんですか？」

波美は首を傾げてしばらく考えてから答えた。

「そうですね。材料が少なく、調味料もあまり突飛なものを使わず、調理過程がシンプルで、どんな人でも作れて……ええと、あとは、そう！　無駄が出にくいレシピだといいです」

「無駄が出にくい？」

怪訝そうな夏神に、波美はハキハキした口調で説明を加えた。

「たとえば、中途半端に残った食材や、二度と使わないような調味料が溢れかえるレシピっていうのは、あんまりよくないんです。作ろうと思い立ったら手持ちの食材ですぐ作れるくらいの、さじ加減がありがたいです。あと、危険が少ない料理」

夏神は、眉をひそめた。

「危険が少ない？」

「やっぱり、食中毒リスクが高いものは避けたいです」

「つまり、生ものは避ける、火入れが半端になりそうなもんも避ける」

「ですね。お願いできれば」

　夏神は、波美が告げた条件をメモ用紙にごりごりと書き付け、頷いた。

「どれも、無茶な注文やないな。道理や」

「そう言っていただけると、ホッとします。編集部のみんなも、とっても楽しみにしてるんです。取材、許可してくださって嬉しいです」

　波美は率直にそう言うと、突然、「あ！」と言って皿を見下ろし、もはや二切れだけ残っているサンドイッチを見て、「しまったあ」と悲しげな声を上げた。

　ロイドが心配そうに問いかける。

「如何なさいました？　サンドイッチに、何やら不備がございましたか？」

　だが波美はそれをたちどころに否定した。

「いいえ、サンドイッチは本当に美味しい。ただ、編集部のブログ用に写真を撮らせていただこうって思ってたのに……サンドイッチが出てきた瞬間までは覚えていたのに」

　どうやら、写真撮影をするつもりが、出されるなり空腹がマックスになり、つい、衝動のままに食べてしまったらしい。

「ああ、残念。でも、二切れでもいいから撮っておこう。うんと美味しかったっていう証明になりますよね」

　悪びれずそんなことを言って、波美は食べかけの鰯サンドイッチの写真をパシャパシャと何枚も撮る。

「そうしてから、はっと思い出したように、波美は夏神の顔を見た。

「あの、店長さん。もう一つお伺いしなきゃいけないことがあるんでした」

「何です？」

夏神は即座に警戒心を滲ませ、問いかけた。波美は、カメラをテーブルに置き、こう言った。

「お料理を作ってるところ、前か……駄目なら横から、店長さんの写真を撮らせていただきたいんですけど、よろしいでしょうか？」

夏神は眉をピクリとさせただけで、即答することができない。

新聞記者に写真を撮られるということは、夏神の今の姿が、それなりの大きさで新聞に印刷されるであろうということだ。

海里は心配そうに夏神を見たが、夏神はしばらく考えて、「横からやったら」とボソリと言った。

それは、夏神なりの覚悟の表れである。どこか晴れ晴れとした表情になった夏神を、海里は嬉しそうにじっと見守っていた……。

四章　思いがけない人物

パシャパシャパシャパシャ！

文字で表現するなら、この擬音語は半角文字でギュッと詰め込みたい……と思いながら、海里は写真に写り込まないように、いかにも元芸能人らしい気配りで一歩下がった。

夏神が、兵庫新聞の記者、瀬戸波美に取材ＯＫの返事をした翌週の水曜日、波美はカメラマンと共に、夏神が指定した午後三時前にやってきた。

カメラマンもまだ二十代か三十代前半くらいの女性で、二人とも、若い感性でいい仕事をしようという、新鮮な意欲に満ちている。

とにかく、まずは「昭和の料理」の取材からということで、夏神が、今日の日替わり定食の副菜、つまり小鉢料理をこれから作ってみせるところだ。

若い記者なので、何か最先端のガジェットでも使うかと思いきや、夏神の説明を聞きながらメモをとる彼女が使っているのは、昔ながらの小さいノートとボールペンだ。

波美が夏神と話をする間にも、カメラマンは、店の外観や内部の全景に始まり、食材、夏神の姿や食器棚などを次々と大量に撮影していく。

海里は芸能人時代に幾度もプロカメラマンによる撮影を経験して慣れっこだが、あまりにも頻繁にシャッターを切るので、夏神とロイドは「そんなに撮る必要があるのか」と、酷く面食らっていた。

(それにしても……)

海里は厨房内部を撮影するカメラマンの邪魔にならないようジワジワ移動しつつ、さっき、彼女に貰った名刺を眺めた。

記者の名が瀬戸内海、もとい瀬戸波美なのはとうにわかっているが、カメラマンのほうも、これまた嘘のような名前である。

(湊一水……みなと、かずみって、つまり、港湾に水ってことだろ?)

海里は、半ば呆れつつ、名刺をエプロンのポケットに突っ込んだ。

(俺が海里で、記者さんが瀬戸の波で、カメラマンさんが港湾に水。もう水浸しじゃねえかよ、この空間)

そんなことを考えていると可笑しさがこみ上げてきて、海里は思わず口元を覆う。

隣にやってきたロイドが、「楽しそうでいらっしゃいますね」と、自分もニコニコ顔で囁いてきた。好奇心旺盛なロイドだけに、初めて経験する新聞記者の取材現場が、面白くて仕方がないのだろう。

海里も、素直にウキウキする気持ちを認めた。

「楽しいよ。今回は、俺は手伝うだけだもん。夏神さんは、ちょい緊張してるけどな。

いや、ちょっとじゃねえな、だいぶ緊張してんな」

「そうでございますね。肩がいつもよりかなり上がっているような」

「そうそう。ガッチガチ。顔もガッチガチ。脚はだいぶガニマタ」

「おい、お前ら。聞こえとんぞ」

調理台の上にまな板を持ち出し、いよいよ調理を始めようとしている夏神は、振り返ってギロリと二人を睨んだ。そのいかつい顔は、うっすら赤らんでいる。

海里は、「そろそろ作り始める？　手伝うよ」としらばっくれて歩み寄った。

「とりあえず、食材と厨房の中の撮影、終わりました。料理のほう、お願いします。各段階で写真を勝手に撮らせていただきますし、必要なようでしたら手を止めていただけるよう声をおかけしますので、いつもの感じで進めてください」

やわらかな関西のイントネーションで、カメラマン……一水はそう言った。

それを合図に、波美は夏神の正面に立ち、カウンター越しに頭を下げた。

「お願いします！　じゃあまず、今日作られる料理の紹介から」

夏神は、海里とロイドが指摘したとおり、両肩に不自然な力がこもった緊張状態のまま、ぎこちなく料理名を口にした。

「ほ……ほな。今日は主菜が『鰯の梅大葉フライ』なんで、副菜は肉系で」

「主菜も美味しそう！　じゃあ、副菜が昭和のお料理なんですね？」

波美の楽しみでたまらないといったワクワクした顔つきに、夏神の緊張も、少しずつ解けていくようだ。舌の回りが、多少はスムーズになっていく。

「そうです。若い子らも最近はよう来てくれるんで、できるだけ、肉と魚と野菜が揃うようにしてます」

「なるほど！　栄養バランスがバッチリな日替わり定食なんですね。ここで食べる定食が、一日のうち、唯一のまともな食事って人もいてはるでしょうからね」

「その可能性も考えて、まあ、やれる範囲で。今日の副菜は、『豚肉と野菜の胡麻酢和え』。昭和七年発行のこの本から採ったメニューです」

夏神は手が汚れないうちに古びた薄い料理本を手に取り、該当ページを開いて、波美に差し出した。

「昭和七年？　昭和七年って、何年？」

両手で怖々と本を受け取り、波美は驚きのあまり、要領を得ない疑問を口にする。

「ええと、確か、昭和から西暦に変換するには、二十五を足せばいいのよ。だから昭和七年は、西暦一九三二年ね。……あとでその本の該当ページ、撮影させて」

冷静に答えたのは、一水である。

「そんな法則、あったんだ！」

海里は思わず驚きの声を上げつつ、調理台に並べられた撮影済みの野菜の中から、大根、人参、生姜を取り、シンクでざっと洗って、ピーラーで皮を剝き始めた。

夏神は海里の作業を横目でチラと見て、すぐ自分よりずっと小柄な波美に視線を戻した。

「早い話が、豚肉を使ったなますです」

波美は、本と夏神の顔を交互に見ながら、早くも感嘆の吐息をついた。

「この本、そんな昔に出たようには見えへんです。ちょっと古いかな、くらいの印象ですよね。きっと、大事に保存されてたんやろなあ……。それに、なますって、お正月に食べる根菜の酢の物みたいな……？　それにお肉を使うて、何や意外です」

夏神も、波美の意見に同意する。

「自分もそこが面白いと思うて、今日、作ってみることにしました」

波美は淡くピンクのアイシャドウで縁取られた、パッチリした目を輝かせた。

「ほんとに面白い！　さっぱりとこってりのマリアージュですもんね！」

「マリアージュかどうかは知らんですけど、まあ、栄養価も高いですしね」

さすが新聞記者というべきか、キャッチーなまとめ方をしようとする波美にやや閉口しつつ、夏神は、片手鍋にたっぷり水を張って火にかけ、海里が皮を剝いてまな板に載せた生姜から、調理を始めた。

「湯を沸かす間に、野菜を切ります。生姜は一かけ、できるだけ薄切りにしてから、今度は針のように細く……長さはまあ、テキストどおり、七、八分。つまり、二センチから二・五センチくらいに切ります」

波美は、本をしげしげと見て、「ああ！」と声を上げた。

「そっか、単位が今と違うんだ。分っていうのは……」

「〇・三〇三センチですわ」

「凄い、頭に換算表が入ってるんですね！」

「まあ、何度も計算してますし」

会話を続けながら、夏神の手は淀みなく動く。

よく切れる包丁で生姜を文字どおり針のように刻むと、海里はまるで餅つきの相方のように、「ほいっ」と大根を置く。

「大根は半本。本の分量どおりに作ると、なかなかの量が出来てしまうんで、新聞の記事用に、半量で作りますわ。副菜やから、それでもたっぷり三人分はできると思います。大根も、千切りに。長さは一寸指定やから、だいたい三センチ」

「ふむふむ。分の次は、寸ですか。料理に使う単位なんて、グラムとかミリリットルとかしか知らないから、新鮮です」

感心しきりで小さなノートにペンを走らせる波美をよそに、一水は実にクールに、無言でシャッターを切り続ける。

「大根は、刻んだら塩をひとつまみ振りかけて、よう馴染ませときます」

「あっ、その過程はなんかわかります。水を出すんですよね？」

「そうそう。そんで」

「ほい、人参」

くるくるとハイスピードで皮を剝いた人参を、海里がとんとまな板に置く。

夏神は当たり前のように人参を取ると、大根同様、素早く千切りにし始めた。

「人参も千切り。長さも細さも同じくらい。あと……」

「インゲンお待ち！」

海里が、水洗いして、手でヘタを取ったインゲンを五本、まな板に載せる。夏神はそれも大根、人参と同様、短い千切りにした。

「インゲンもそんな風に切っちゃうんですか」

「まあ、口当たりの問題ですわ。なますの場合は、できるだけ長さ太さを揃えたほうが、見かけも綺麗やし、食べても歯触りが気持ちええですね」

「ふうん……。私、いつも雑に食べるだけで、長さ太さが揃ってるかどうかなんて、見てへんかったです」

「まあ、そらしゃーないです。あと、肝腎の豚肉を……」

「はいっ、それはこのロイドにお任せを！」

大した仕事ではないが、ロイドは冷蔵庫から肉のパックを取りだし、夏神のもとに届ける。

「……おう。ありがとうさん」

ロイドに礼を言ってパックを受け取った夏神は、それを波美と一水に示した。

「脂身はなますには合わんので、本には部位の指定はあれへんですけど、この料理には豚のもも肉薄切りを使います。これも野菜と同じくらいの長さに切ります。細さはさすがに野菜と同じとはいかんので、できるだけ細うっちゅうことで」

夏神は、肉を専用のまな板の上に載せ、少し重さのある包丁に持ち替えて、豚肉を細切りにしていく。

「もう、ひたすら切るんですね」

「なますやから、そうなりますね。……同じ作業すぎて、写真が困りますか？」

後半の問いは、夏神の背後や側面を目まぐるしく移動して撮影を続ける一水に向けられている。

一水は、長めのボブカットの髪を頭を振って後ろに払い、「大丈夫ですよ」と短く答えた。どうも、波美と違って、ずいぶん冷静沈着な人物らしい。

「そらよかった。湯が沸いたんで……本ではまず豚肉を茹でるて書いてあるんですけど、あくが出るんでね。自分は人参とインゲンのほうを先に茹でます。湯にパラッと塩を入れて……」

「ネタ元の本に忠実に作るわけじゃないんですね？」

波美に意外そうに言われて、夏神はさも当然といった風に頷いた。

「そら、当時とは材料の質も、調理器具も、栄養学や衛生学についての知識も、全部違うでしょうからね。今の知識、今の台所事情に合うた、作りやすい方法にアレンジしたほうがええやろと思います」

「ふむふむ。ちゃんと現代人向けにアレンジを施された料理……っと」

波美は口の中でブツブツ言いつつ、メモを取っていく。

「イガ、胡麻頼むわ」

「アイサー！」

敬礼の真似事をして、海里は白胡麻を大さじ二弱すり鉢に取り、ロイドに鉢をホールドさせて、すりこぎでゴリゴリとすり始める。

胡麻の香ばしい香りを嗅ぎながら、夏神は野菜を湯から引き上げ、丸い竹ザルにあけた。それから、豚肉の細切りを野菜の出汁が幾分出ているであろう湯で、茹で始めた。

「これも、十分間茹でるて書いてあるんですが、そないなことしたら、肉の旨味が全部湯に出てしまうんで、必要なだけでええです。しっかり肉の色が変わるまで茹でて、やっぱしザルにあけて冷まします」

「おうちで作るには、ちょっとめんどくさいですねえ」

波美の言葉に、夏神はおもむろに振り返って戸棚を開け、スライサーを取り出して波美に示した。

「めんどくさいときは、これを使うたら大根と人参はいけます。生姜と肉はまあ、頑張ってもらわんとしゃーないですね」

「あはは、確かにそうです。スライサー、記事でお勧めしておきますね」

波美はあっけらかんと笑い、一水は使い込まれたプラスチック製の箱形スライサーまで写真に収める。

「あとは、野菜と肉を冷ましながら、和え衣を作ります。イガ？」

「すり立ての胡麻！　ご家庭では、すり胡麻で良いっすよ。だいたい大さじ二くらい」

海里はそう言いながら、すり鉢を夏神の前に置く。

　かつてテレビの朝の情報番組で料理コーナーを担当していたとき、海里がスタジオで雑な料理を得意げに披露する背後で、アシスタントの女性が至れり尽くせりのサポートをしてくれていた。

　そのときの彼女のさりげないが的確に先を読んだ動きを思い出しながら、海里は動き回る。事前に本を見て、分量を頭に叩き込んでおいたのが大いに効いている。

　夏神が何も言わないので、海里はそのまま調味料入れの前に立った。

「すり鉢の胡麻に、砂糖大さじ半分、塩小さじ三分の一、米酢大さじ一を入れて……」

　海里がそれぞれの調味料を量りながら入れていくのに、波美は自分が取ったメモと本を見くらべ、異を唱えた。

「待ってください、本の半量で作るとして、調味料の分量が微妙に違いますね。全体的に少なめになってます。それに、本で入れることになってるみりんと味の素が……」

「味の素は、当時は流行りやったんでよう材料のところに書いてありますけど、敢えて入れなあかんっちゅうわけではないです。勿論、入れてもええですよ。みりんは、お子さんも食べられるように、アルコールは含まんほうがええでしょう。ご家庭で、みりんをわざわざ煮切るんはそれこそ面倒でしょうからね」

「ああ、確かにそうですね」

「味付けも、やっぱし昔は日持ちをようせんならんので、どうしても強めになっとることが多いです。今の人の舌には、しょっぱすぎたり濃すぎたりするんで、控えめに味をつけて、足りんかったら、必要なだけ足したらええんです。多すぎたときは、減らせませんしね」

「真理です。すみません、余計な突っ込み入れました」

夏神の説明に、波美は納得した様子で謝る。「いや」と短く応じて、夏神はしんなりした大根をざっと水洗いして表面の塩を流し、大きな両手でギュッと水分を絞ってからすり鉢に入れた。人参とインゲン、それに豚肉も投入し、ゴムべらで全部をざっくりと和える。

海里は、戸棚から京都旅行で買ってきた愛着深い鉢を三つ出し、すり鉢の横に並べる。

夏神は菜箸(さいばし)で、なますを鉢にこんもりと盛り付け、てっぺんに雪でも被(かぶ)せるように、細切りの生姜(しょうが)をふわっと載せた。

まさに料理が完成するその瞬間に、一水はばっちりシャッターを切る。

「これで、出来上がりですわ。切るんはまあまあ面倒くさいですけど、あとは茹でて和えるだけやから、そう難しいことはあれへんでしょう」

そう言いながら、夏神は小鉢に箸を添え、波美と一水に一つずつ勧めた。

「まずは味を見てください」

「わあ、嬉しい！」

波美はノートをカウンターに置き、嬉々として鉢を受け取る。

「私まで、よろしいんですか？」

一水は躊躇いつつ、それでも好奇心を抑えきれなかったのか、遠慮がちに試食に臨んだ。

胡麻酢和えを一口頬張った二人の顔が、たちまちほころぶ。

波美は、自分の味の感想を早速ノートに書き付けながら、それを声にも出した。

「昭和七年の味が、こんなに自分の舌にしっくりくるなんて驚きです。凄く美味しい。野菜はシャキシャキしてるし、胡麻酢の味がいい感じに甘みがあって、濃厚で、でもお酢の作用でスッキリもしてて」

一水も、控えめに感想を口にした。

「豚肉のおかげで、満足度が高いですね。瀬戸が言うように、歯ごたえの良さ、歯切れの良さが気持ちいいです。味付けを本来より淡くしたおかげで、もりもり食べられる気がします。これは、まさしく昭和の、というか、日本のサラダですね」

「日本のサラダ！　そのフレーズはもらっとくわ！」

波美は嬉しそうにボールペンを走らせ、すぐに再び箸を取る。

「あの、これ、全部食べちゃってもええんでしょうか？」

「どうぞ、食うたってください」

夏神は嬉しそうにホロリと笑って波美にそう言うと、残ったひとつの鉢を海里に差し出した。

「ロイドと一緒に味見しとけ。あとで、もっとようけ、いっぺんに作って貰わんとあかんからな」

「任せといて。ロイド、箸持ってこいよ」

「ただいま！」

既に箸を持って待機していたロイドが、短い距離を走ってくる。

その英国紳士らしからぬ姿に、波美も、クールな一水も、盛大に噴きだした……。

料理の取材が終わり、波美はノートの新しいページを開いた。

「では次に、昭和初期の古い時代の料理を掘り起こそうと思われたきっかけや、手応えなどについてのインタビューをお願いしたいんですけど」

「……あー……」

料理をすることですっかり落ち着きを取り戻していた夏神は、再び緊張の面持ちになり、しばらく考えて、二階を指さした。

「ぼろい部屋ですけど、それは、上の茶の間でやらしてもろてもええですか？」

波美と一水は、顔を見合わせる。だがすぐに、波美が答えた。

「勿論です。もう、夏神さんの写真は撮らしていただいたんで、あとはお話だけですし」

「ほな、私はこれで失礼します。記事はたぶんチェックしていただけないですけど、写真については、これを使いたいです、というのを一度、お見せしてますので、よろしくお願い致します」

そう言って、一水は機材を片付け、先に去って行った。

残った波美を連れて、夏神は二階へ上がろうとして、ソワソワしている海里とロイドにぴしりと言った。

「お前らは、仕込みを続けとけよ」

途端に、海里はロイドの分まで不満を訴える。

「えー！　俺たちも、そばで聞いてて突っ込み入れたりしちゃ駄目なわけ？」

夏神は、酷い顰めっ面で即答した。

「駄目に決まっとるやろ。お前らが見えるとこでニヤニヤしとったら、喋れるもんも喋られへんようになるわ。お前らは大人しゅうここで仕事しとれ。ええな？」

「えー。つまんないな！」

「えええー。取材協力がここまでとは、いかにも物足りのうございますねえ」

海里とロイドの抗議の声をものともせず、夏神は波美を伴って、階段をドスドス上がっていってしまう。

「ちぇー。こっからがいいとこだったのになあ」

海里が口を尖らせてぼやくと、ロイドも冷蔵庫から丸ごとのキャベツを取りだして、赤子のように抱えたまま同調した。

「まったくでございますよ。夏神様が、瀬戸様に如何なるお話をなさるものか、興味津々で楽しみにしておりましたのに」

「なあ。夏神さんは凄い照れ屋だから、自分のことを喋るの、きっと苦手だろうからさ。俺様がバッチリフォローしてやろうと思ってたのに。ったく。変なとこでガード堅いよなあ。とはいえ……」

海里は壁の時計に目をやった。

もう午後四時を過ぎている。今日は水曜日なので、午後六時には「シェ・ストラトス」に行き、倉持悠子の朗読イベントの準備や、店の手伝いに取りかかりたい。

今日は遅い時間まで、海里としては、「ばんめし屋」の仕事は夏神とロイドの二人だけに任せることになるので、海里としては、出来る限りの作業をしておき、営業中の二人の負担を少しでも減らしたいといつも考えている。

身支度にかかる時間を考えれば、海里が仕込みに使える時間は、あと一時間と少しといったところだ。いつまでもブツクサ言っている場合ではない。

「よーし、たぶん和えるのはお客さんに出す寸前じゃないと水が出るだろうから、野菜を刻みまくっていくか！」

海里はそう言うと、さっき半分使った大根の残りから、皮を剝き始める。

「おや、張り切っておられますね。では、わたしは千切りを……」

最近、キャベツの千切りに凝っているロイドは、いそいそとキャベツをまな板に載せる。

無論、ロイドには夏神や海里のように、包丁やペティナイフでキャベツを千切りにすることはできないので、スライサーを活用することになる。

「スライサーの刃で、眼鏡本体を削がないように気をつけろよ」

いつもの注意喚起の言葉を口にして、海里は、さっき夏神が出したままだったプラスチック製のスライサーを、ロイドのまな板の横に置いてやった……。

＊　　　＊

「あー！　やっと来た。五十嵐さん、ちーっす」

いつもどおり、「ばんめし屋」での仕込み作業を終え、午後六時過ぎに「シェ・ストラトス」に到着した海里を真っ先に迎えたのは、店主砂山の陽気な挨拶ではなく、自称有名なバンド「スクワッシュ」のリーダー格、坂口だった。

いつも「ばんめし屋」に来るときとは違い、パサパサの金髪をオールバックにまとめてうなじで一つに結び、やや肩が余り気味の安っぽいスーツを着込んでいる。

海里は、店に入ってすぐのカウンター席で平然とハイボールを飲んでいる坂口の姿に、目を白黒させた。

「な、なんでいんの？　つか、何だよその格好」

坂口はハイスツールから立ち上がり、スーツを見せびらかすように両手を軽く広げた。

「やー、こないだ中山さんでしたっけ、目の不自由な彼女。あの子の話に感動してしもたでしょ、俺。で、いっぺん、彼女お気に入りの朗読イベントってどんなもんなんか、体験してみたくなりまして。仕事帰りに寄ってみたんですわ」

「仕事帰りって……そういや、何の仕事やってんの？　スーツ着てるけど、その金色の頭で、まさか会社員？」

するとと坂口は、あははと屈託なく笑った。

「さすがに会社員は無理ですやろ。そう言うたら、いっつもバンドの練習帰りに飯食いに寄らしてもらうから、仕事の話とかしたことあれへんかったですね。俺、小学生相手の、学習塾の講師やっとうんです」

「マジで！」

意外な職業に、海里はいっそう驚いて軽くのけぞる。

坂口は、人差し指で、自分の側頭部をとんとんと叩いてみせた。

「マジで。意外とかっこええでしょ」

「かっこいい！　塾講師か～。大変な仕事をやってるんだな」

「見かけによらず、ね。まあ、受験も終わって、新しい学年が始まる前の、今がいちばん暇なときなんで、こんな時間帯に遊びに来れるわけですけどね」

「なるほど～」

「おっ、いらっしゃい、五十嵐君。今日もよろしくね。ああそうか、こちらのお客さん、五十嵐君のお店の常連さんなんだってね」

　そこへ、ホールへ飲み物を運んでいたらしきマスターの砂山悟が、軽やかな足取りで戻ってきた。海里の顔を見ると、いつものように人懐っこい笑みを浮かべる。

　彼は今日も、心底呆れるレベルのダサセーターを着用していた。

（アメリカ国旗がモチーフのセーターなんて、いったいどこで見つけてくるんだろう）

　不思議に思いつつ、それには敢えて触れず、海里は砂山にペコリと頭を下げた。

「こちらこそ、よろしくお願いします。坂口君、最近よくうちの店に来てくれるんですよ。中山さんも、こないだ来てくれて、そこで坂口君に会って」

　海里がそう説明すると、砂山はカウンターに戻りながら、「中山さん？」と不思議そうな顔をする。

「ほら、朗読イベントにここ何週間か来てくれてる、目の不自由な……」

「あー、あの可愛い女の子ね。何、こちらの坂口さんは、彼女に一目惚れ？」

「あー？　あーあー、いや、そんな！　いやそんな！」

　坂口は、色白の顔を瞬時に赤らめ、無闇に「いやそんな」を連発しながら両の手のひらを落ちつきなく振りまくる。あまりにもわかりやすい反応に、砂山も海里もこらえきれず笑い出した。

「いやいや、マジで？　中山さんの話に感動して泣いちゃったのは知ってるけど、坂口君、そうだったのか～」

「いやそんな！」

「さっきからそれしか言ってねえ」

海里と坂口のやり取りを聞いて、砂山は「いやあ、青春だねえ。ついに僕の店で、初のカップル成立の瞬間が見られるのかなあ」とニコニコしている。

「そういや、今日は中山さんはまだ？」

海里は顔に笑みを遺したまま、カウンターの中に入り、壁に引っかけてあるアルバイト店員用のエプロンを身につける。

砂山は「まだだねえ」と返事をして、次のドリンクに取りかかる。

「ほんま、かなわんわ〜。いきなりからかわんといてくださいよ」

坂口も、まだ赤い顔のまま、再びスツールに腰を落ち着けた。

「倉持さんは？」

海里が訊ねると、砂山はハイボールを作りながら簡潔に答える。

「いつもどおり。さっき、お白湯は持ってっといたよ」

「ああ、ありがとうございます」

海里は、砂山に礼を言った。

役者は、ステージに出る前に決まってこれをする、というルーティンを持っている者が少なくない。

悠子もそれに漏れず、開演前に決まって白湯をマグカップ一杯飲むことにしている。

しかも、温度は六十度、ハチミツをティースプーン一杯入れたものと決まっていて、しばらく沸騰させた湯を自然に冷めるまで置いておかねばならないので、意外と手間がかかるのだ。

「すみません、ホントは弟子になったんだから、俺が用意しなきゃいけないのに」

海里がそう言うと、砂山は笑って「いやいや」とかぶりを振った。

「お白湯を飲むのが悠子さんのルーティンなら、時間を合わせてお湯を沸かすのが僕のルーティンだからね。やらないとペースが狂っちゃう。それに、本当は盛大に発声練習でもしたいだろうに、控え室と客席が近すぎて無理なのが申し訳ないから、このくらいはさせて貰わなきゃ」

小柄な砂山が人懐っこい顔でそう言ったそのとき、扉が開いて、中山瞳が姿を見せた。今夜も、ワンピースにカーディガンという定番の服装をして、手には白杖を持っている。

「あ、噂をすれば、だ。いらっしゃ……お？」

歓迎の挨拶をしようとした海里は、カウンターから出かかった姿勢で固まった。

瞳の背後から、砂山と同じくらい小柄な、高齢男性が入って来たのである。

丸いレンズの眼鏡をかけ、頭頂部だけ髪が薄くなっているので、ちょっとヨーロッパの修道士のようなルックスだ。年齢は、八十代前半というところだろうか。

いかにも着慣れた感じの、スーツというよりは背広と呼びたいグレーの上下とワイシャツ、それにクラシックなループタイという姿のその男性は、不自然なほど瞳と近い距離に立っている。

（誰だ？　お父さんかな。心配して、付いてきたんだろうか。いや、お父さんにしては老けすぎか）

海里は男性にも挨拶をしようとしたが、奇妙なことに気付いた。

砂山も坂口も、瞳にしか注意を払っていないのだ。二人が声をかけた相手も、瞳だけだ。

（あれ？）

改めて男性の全身を見た海里は、あっと驚きの声を漏らした。

店内の照明があまり明るくないので気付かなかったが、男性の姿は、瞳より少し薄い。奇妙な表現だが、肉体の構成粒子が極端に少ない感じがして、よく見ると、背後の扉がうっすら透けて見えている。

（ああ、あの人、もうこの世の人じゃないのか）

どうやら瞳も、その男性……いや、男性の幽霊がすぐ傍に立っていることには気付いていないようだ。海里は、カウンターの中で首を捻（ひね）った。

（いったい、誰だろう。中山さんと何か関係がある人なんだろうけど）

海里は、ロイドが一緒にいないことを悔やんだ。こういうとき、海里にわかるのは、幽霊には、瞳に対して明らかな害意や敵意がなさそうなことくらいだ。付喪神（つくもがみ）のロイドがここにいれば、もっと詳しい情報をたちどころに感じ取れたに違いない。

「中山さん、俺、覚えてます？　あ、すいません。言わなきゃわかんないか。先週、

『ばんめし屋』で会った……」

坂口は、せっかく元に戻った顔をまた赤くして席を立ち、瞳に声を掛けた。瞳はちょっと驚いた様子だったが、すぐに目を閉じたまま笑顔になった。

「ああ、えっと……『スクワッシュ』のメンバーさん？」

「そうです！『スクワッシュ』のギター兼ボーカル、坂口保です！」

「さかぐち、たもつ、さん。覚えました。改めて、中山瞳です」

「知ってます！俺の脳には、もはや中山さんのフルネームがインプット済みです」

そんな二人の初々しい会話を、砂山はニコニコして聞いている。

やはり二人とも、瞳の背後に付き従うように立つ幽霊には、まったく気付いていない。

（ヤバい感じはないから、ほっといていいのかな。けど、間柄がわからないと、なんか不安だな）

ひとり気を揉んでいた海里は、ふと、男性の幽霊が、自分を見ているのに気付いてギョッとした。

（うわ、目が合った）

視線がピタリと合ったことで、男性の幽霊は、この場で海里だけは自分の姿が見えていることに気付いたようだ。

彼は急に海里を手招きすると、身を屈め、ワンピースの長い裾に隠れた瞳の膝のあたりをしきりに指さし始める。

（なんだ……？）

パントマイムでもしているような幽霊の奇妙な動きに戸惑いつつ、何やら心配そうな顔で訴えかけられて、海里は、坂口にエスコートされてホールに向かおうとしている瞳を呼び止めた。

「中山さん、あの、ちょっと」

「はい？」

瞳は足を止め、海里のほうに首を向ける。海里は、躊躇(ためら)いながら問いかけてみた。

「あの、変なこと訊(き)きますけど、膝、どうかしました？」

「えっ⁉」

瞳は酷(ひど)く驚いた様子で、顔色を変えた。

「あの、どうかなってます？　ワンピース、破れてるとか。何か、見苦しいことになってますか？」

「いや、なんもなってへんですよ。五十嵐さん、何言うてはるんですか？」

坂口は怪訝(けげん)そうに言ったが、男性の幽霊は、「いいぞ」と言うように、大きく頷(うなず)いて、海里をまた両手で手招きする。モグラが穴を掘るような、何ともユーモラスな動作だが、本人はいたって真剣な様子だ。

「いや、見た目は何ともないけど、そう言うってことは、何かあるんですか？」

海里は今度こそカウンターを出て、瞳の傍へ行く。

瞳は酷く恥ずかしそうに、「実は、転んじゃって」と、短く打ち明けた。

「転んだ⁉」

坂口と海里の声が、見事に重なる。

「どこで？　大丈夫ですか？　うわ、どないしよ」

狼狽(うろた)える坂口をよそに、海里は瞳の前に片膝をついた。

「ちょっと、見せてもらってもいいですか？」

瞳は少し躊躇ったが、すぐにワンピースの裾を少し持ち上げた。現れた左の膝小僧にはハンカチが巻かれていたが、白い布地は一部、まだ新しい血に染まっている。

「今夜は、阪急芦屋川駅でタクシーを降りて、そこから歩いてみようと思ったんです。このお店、駅を出たらまっすぐ北へ行くだけみたいやし、大丈夫やと思ったんですけど……やっぱし慣れてないから、段差に蹴躓(けつまず)いてしまって」

「あー、駅前、ちょっと道路渡ったりしなきゃいけないもんなあ。微妙な段差も確かにありますよね」

そう言いながら、海里はやはり瞳の背後に立つ男性の幽霊に、「わかった」と言う代わりに頷いてみせた。

幽霊はホッとした様子で、本当に胸を撫(な)で下ろしてみせる。

「これ、ちゃんと消毒したほうがいいですよ。マスター、消毒薬とかって、この店、あります？」

「あるある。僕がよく指を切ったりするからね。バックヤードで手当てするといいよ。五十嵐君、よろしくね」

　そう言って、砂山はカウンターの跳ね板を持ち上げる。

「すみません、わざわざ」

　恐縮する瞳に、海里は手を差し伸べた。

「いやいや。傷口は、新しいうちに洗わなきゃ。えっと、中山さんの右手を、俺の左肘に、でしたっけ」

「いえ、逆です。左手を、右肘に」

「あー、そうでした。毎度間違えるな。そんじゃ、失礼」

　海里は、瞳が差し出した左手を取り、自分の右肘に導いた。

「すぐ小さな段差があるんで気をつけて。上りです。そう、そんくらい足上げてくれれば大丈夫。オッケー、そのまま前へ体重を乗せて」

　何度か瞳の歩行を助けたので、手の左右を間違える以外は、要領がわかってきた。海里は、かなりスムーズにバックヤードに瞳を連れていき、休憩用の椅子に座らせた。

　男性の幽霊も、心配そうに音もなくついてくる。

（なんか、謎の保護者つきって、どうにもやりにくいなあ）

　閉口しつつも、海里は早速、傷の手当てに取りかかった。

「まずは、傷口を綺麗にしなきゃ」

海里は大きなグラスに水を汲んできて、露出させた膝の傷口を、大きなタオルをあてがって洗い流した。

「痛いですか？」

「いえ、大丈夫です。でも、どんなふうになってます？　指先にぬるっと血が触れたんで、慌ててハンカチを巻いたんですけど、だいぶ酷いですか？」

瞳は心配そうに問いかけてくる。海里は、「いやいや」と、努めて明るい声で答えた。

「確かにけっこう派手に擦り剝いてますけど、浅い傷だから、もう血は止まってますよ」

それを聞いて、瞳はホッとした表情になる。

「よかった。目が悪くなってから、転ぶことは珍しくないんですけど、血が出るほど派手にやらかしたんは久しぶりやったから、ビックリしたし、何より恥ずかしくて」

「わかります。けど、勇気を出して歩いてきたからこそ起こった事故なんだし、恥ずかしがることはないっすよ。お、救急箱にいいもん入ってた。キズなんちゃらパッド。これ、何日か貼りっぱなしでいいらしいし、傷が綺麗に治るって話だから、貼っときましょう。ええと、どうやって貼るんだ、これ」

海里は、説明書に従い、まずは両手に大きなパッドを挟んで、温めて柔らかくしながら、またしても躊躇しながら問いかけた。

「あの、中山さん。変なこと訊いてもいいですかね」

「はい？　何ですか？」

瞳は小首を傾げる。

海里は、やはり心配そうに瞳を見ている男性の幽霊を見ながら、エッジの鈍い口調で問いかけた。

「そのう……だいたい八十歳くらいの、ちっちゃい爺さんに知り合い、いますかね？　頭のてっぺんが薄くなってて、丸眼鏡かけてて……ええと、たぶんもう死んでるっぽいんですけど」

「はい⁉」

瞳は驚いた様子で、いつもは閉じたままの目を見開く。海里は慌てて質問を引っ込めた。

「ああいや、すいません。ホントに変なこと訊いてるな。今のナシで。それより、手当て、手当て。早くしないと、倉持さんのイベント始まっちゃいますね。よーし、柔らかくなったから、もう貼ってよさそう。膝、ちょっと触りますよ」

「……はい」

瞳はそれ以上自分から何か言うことはせず、海里が膝の傷にパッドを貼り付けるのをじっと待っている。

手当てが終わったのを見届けて安堵したのか、海里が自分のことを瞳に話したときは、あからさまに迷惑そうな顔をした男性の幽霊は、海里に軽く頭を下げると、ふっと姿を消した。

「あっ」

「五十嵐さん？　どうかしました？」

「あ、いや」

（消えちゃったな。用事は済んだってことか）

海里は膝の上までたくし上げていたワンピースの裾をそっと戻し、救急箱の蓋を閉めた。

「手当て、終わりました。これで当座は大丈夫だと思うけど、もし痛みが強くなったりしたら、ご家族に言ってくださいね」

「わかりました。ありがとうございます」

「そんじゃ、客席に行きましょうか。いつものテーブル、空けてありますから」

そう言って、海里は今度は間違えず、瞳の左手を取る。

海里の肘のすぐ上をしっかり握って立ち上がった瞳は、海里に何か訊きたそうな素振りを見せたが、結局何も言わず、そのままバックヤードを出て行った……。


「はー！　朗読イベントって、学校の先生が国語の教科書読むようなもんやろって思うてた俺、思いきりアホでしたわ。舐めたらアカン。感動した！」

悠子の朗読イベントを、瞳と同じテーブルで楽しんだ坂口は、素直な感想を口にした。

瞳も、こっくりと頷いて同意する。

「本当に。倉持さんの声は、いつも凄く聞き取りやすいし、お話もスッと入ってきます」

「それそれ。特に声をすっごい張るわけやないのに、いざっちゅうとこではえらい迫力があって、ビックリさせられたなあ。これは、他のメンバーもいっぺん連れてこんと。みんな、絶対気に入りますわ」

坂口はそう言ってから、瞳を見た。

「中山さんのおかげで、ええもん知ることができました。なんぞお礼に……その」

言い淀んだ彼は、深呼吸をひとつして気合いを入れ直し、唾を飲み込んでから再び口を開く。

「その、お茶とか飯とか、いやそのデートとかそういうアレやないんですけど、そう、あくまでもお礼として、こう」

不器用な誘いに、ちょうど二人のために飲み物のお代わりを運んできて、流れで会話を立ったまま聞いていた海里は、噴き出しそうになるのを必死でこらえる。

瞳は、ちょっと不思議そうにしていたが、こちらも何故か幾度か言い淀んでから、思いきった様子で言い返した。

「あの。特にお礼を言うていただくようなことではないんですけど、でも……お礼って言うてくれはるんやったら、お願いがあります」

坂口は、途端に身を乗り出す。

「何ですか？　バンドマン兼塾講師にできることやったら、何でも」

すると瞳は、こう切り出した。

「実は、実家を出ようと思って、マンションを契約したばっかりなんです。て言うても、すぐ近所なんですけど」

それを聞いて、海里は思わず二人の会話に割って入ってしまう。

「家を出るって、一人暮らしするってことですか？　けど、わざわざ実家の近所でって」

すると瞳は、はにかんで答えた。

「近所でっていうんが、両親が出した譲れない条件なんです。私のこと、心配してくれてて。私もまだ、完全に独り立ちできるとはとても言われへん状態ですし」

「そりゃそうだ。親御さんだって、心配しますよ」

「けど、心配し過ぎて、実家にいると、母が何でもしてくれてしまうんです。助かるし、楽やからずっと甘えてきたけど、自立しようと思うてるのに、根本的なところで母に寄りかかりっ放しなんは、ようないと思って」

「なるほど、それで一人暮らしを」

「それで……自立は孤立であってはいけないっていう倉持さんのお言葉に従って……あと、差し出された手は、一度は取りなさいっていうのにも従って、厚かましいお願いですけど、引っ越しを手伝ってもらえないでしょうか」

瞳は、両手の指を忙しなく絡ませたりほどいたりを繰り返しながら、そう言った。おそらく、彼女なりに、勇気を振り絞って他人に助力を乞うているのだとわかる仕草である。

「勿論、引っ越し業者さんはお願いしているんですけど、急なお願いやったんで、あちらもスケジュールがキッキッで、荷物を運ぶだけしかできへんって言われたんです。荷ほどきをするのに、父は腰が悪くて力仕事はできへんので、困ってて……」

「喜んで！」

まるで居酒屋の店員のように威勢良く、坂口は返事をした。さすがバンドマン、無駄に声が通ってしまい、居あわせた他の客たちにいっせいに注目され、慌てて頭を下げて詫びる。

「あわわ……目立ってしもた。勿論、手伝いますよ。都合がつくようやったら、仲間も連れていきます。日にち、聞かしてください。いつですか？　塾の行事がないときやったらええんですけどね……」

坂口はやる気満々で、早速、スマートフォンを取りだし、スケジュールアプリを立ち上げる。

「あ、俺も手伝いますから、あとで詳しく教えてください」

そう言って、海里は後ろ髪を引かれる思いでテーブルを離れた。

この店には、悠子の弟子としてだけではなく、臨時店員として入っている。いつまでも油を売っているわけにはいかないのだ。

他の客席を回り、飲み物や食べ物の注文を取って、海里はカウンターに戻った。

黙々とカクテルと軽食を作り続けている砂山は、いたずらっ子の笑顔で海里に囁いた。

「元気な声がこっちまで響いてきたよ。坂口さん、意中の彼女と順調に距離を詰めてるじゃない」

「そうですね。中山さんも、心強いんじゃないかな。坂口君も、ボーカルだから声がいいし」

「あー、なるほどねえ。いやあ、恋の花咲く僕の店。いいなあ。実にいい。青春はいいもんだねえ」

そんなことを言って悦に入っている砂山に適当な相づちを打ちつつ、海里は「フィッシュアンドチップス、俺が作ってもいいですか?」と訊ね、砂山の返事を待たずに冷蔵庫を開けた……。

その夜、海里が「ばんめし屋」に戻ったのは、午後十一時過ぎだった。

店には二人連れの客がいたが、もう食事は終え、ゆったりと熱いお茶を飲んでいるところだった。

「上で休んできてええで」

夏神はそう言ったが、海里はカウンターに入って、客には聞こえないように、夏神とロイドに、瞳についてきた高齢男性の幽霊の話をした。

夏神は太い眉を数ミリ上げ、「お前はよう幽霊に行き当たるなあ」と、半ば呆れた様子でそう言った。

興味深そうに耳を傾けていたロイドは、しみじみした口調でこう言った。

「瞳様にとっては、守護霊のような御仁なのでしょうかね」

「正体は、さっぱりわかんないままだった。中山さんに訊ねてみたけど、なんかビックリさせちゃったからさ。当たり前だよな。不気味な話で怯えさせるのは嫌だから、それ以上突っ込めなくて」

夏神は苦笑いで頷く。

「そら、あんたに幽霊憑いてるで、とは言われへんわな」

「そうそう。だけどあのちっちゃい爺さんの幽霊、彼女が転んだことを知ってたみたいだし、膝の怪我のことも凄く心配してた。守護霊かどうかはわかんないけど、彼女を見守ってはいるのかもな」

「そやな。まあ、間柄はようわからんけど、悪いもんやないんやったら、ええやないか」

「そうだね。瞳さん自身も、幽霊のことは全然見えてないんだろうな。あの幽霊、俺が存在に気がついたこと、喜んでたみたいだった」

「そらそうやろ。誰も気ぃついてくれへんかったら、寂しいやろうし。お前が幽霊とコンタクトできたおかげで、あの子の膝の怪我もすぐに手当てできたわけやしな。ええことしたやないか」

「いいことって言うほどでもないよ。ところで、今日の客入りはどう？」

問われて、夏神は誇らしげに胸を張った。

「上々や。正直、上々過ぎて、鰯の在庫が心許ないな」

「駄目じゃん！　って言いたいとこだけど、鰯は足が早いから、たっぷり買っとくってわけにはいかないもんなあ」

「そういうこっちゃ。ま、品切れになったらなったで、なんぞ作れるもんはあるやろ」

鷹揚にそう言った夏神は、休憩用のスツールに腰を下ろすと、海里を手招きした。

「イガ、ちょー来いや」

「今日はよく呼びつけられる日だな〜」

軽くぼやきつつ、海里は夏神の傍に行く。勿論、ロイドは呼ばれなくてもすっ飛んでくる。

「何？」

「今日、兵庫新聞の瀬戸さんと一緒に、のっぽの美人カメラマンが来とったやろ」

「ああ、うん。湊さんだろ。名前の海繋がりが過ぎて、けっこう可笑しかった」

夏神もホロリと笑いながら、自分のスマートフォンを取りだし、液晶画面を海里に見せた。

「あの人が、さっきこれを送ってきてくれはったんや、お前に」

「俺に？」

海里はスマートフォンを受け取り、画面を見て、あっと声を上げた。

そこに表示されていたのは、カメラマンの湊一水が、今日の午後に撮影した大量の写真のうちの一枚だった。

驚いたことには、被写体は夏神でも食材でも店でもなく、海里である。

「あの人、やたらシャッター切りまくってると思ったら、俺まで撮ってたのかよ。守備範囲、広すぎだろ」

啞然とする海里に、夏神はギョロ目を細めた。

「カメラマンちゅうんは、俺らが見逃すようなもんも、全部しっかり見てはるんやな。若いのに、ええ写真を撮りはる」

「いい写真って……俺が、皮を剝いた人参を、まな板にのっけてるだけじゃん」

「そういうことやない。お前はあれこれ気ぃつくわりに、自分のことはとんとわからんやっちゃな」

そう言ってホロリと笑うと夏神は、太い指で写真を指し示した。

「自分の顔をよう見てみい。ええ面構えや。俺の動作をよう見て、ぴったりタイミングを合わせよう、流れを止めんとこうと気張っとる顔やろ」

写真をもう一度よく見て、海里は少し照れ臭くなった。確かに、写真の中の自分は、驚くほど真剣な、引き締まった顔をしている。視線は夏神の手元に真っ直ぐ注がれ、背筋が真っ直ぐ伸びて、まるでドラマのワンシーンのようだ。

「……俺、こんな顔してんだな、仕事中」

「そやで。自分の顔は、自分で見られへんからな。ええ顔や。湊さんが、『あんまりいい表情をしておられたので、半ば無意識にカメラを向けてしまいました。これは記事には掲載しませんが、ご本人にデータを差し上げてください』て、メールで送ってきてくれはったんや」

「いい表情、か。自分で言うのもなんだけど、ホントだな」

液晶画面を覗き込んだロイドも、弾んだ声を上げる。

「本当に、凜々しい、よいお顔です。プロの表情でございますよ」

「何のプロだよ。俺はまだ、料理のプロじゃねえぞ」

海里はそう言ったが、ロイドはきっぱりした口調で言い返した。

「サポートのプロでございますよ」

「サポートの……？」

「ご自分ではお気づきでないかもしれませんが、海里様は、他の方をそっと支えることが上手でいらっしゃいますよ。支え、励ますプロです」

「そんな上等なこと、俺はできないって。あ、でも」

ロイドがなおも何か言い募ろうとするのを片手で止めて、海里はこう言った。

「サポートといえば、今度、中山さんが、実家のすぐ近くのマンションに引っ越して、一人暮らしを始めるんだってさ。俺、引っ越しを手伝う約束をしたんだけど、お前も来る？　そしたら、あの謎のちっちゃい爺さんの幽霊にまた会えるかもだし、お前がいれば、もっと色々わかることがあるだろ」

主に頼られ、ロイドは嬉しそうに右手を胸の左側に当て、恭しく頭を下げる。

「かしこまりました。喜んでお手伝い致しましょう。とはいえ、か弱き眼鏡には、キャベツより重い物はおそらく持てませんが」

「キャベツが基準かよ」

笑い出す海里に、夏神は「俺も行こか」と申し出る。

「や、坂口君たちも来るらしいから、人手は足りるんじゃないかな。もしヤバそうだったら、声掛ける」

「さよか。ほなまあ、あんじょう助けたり。ああ、この写真、あとでお前のスマフォに送っといたるから。湊さんに、お礼言うときや」

「わかった。……この写真、元事務所の社長に送ろうかな。俺、元気で頑張ってるって、この一枚で言葉より確実に伝わりそう」

「おう、そうしたれ。きっと喜びはるわ」

「喜ぶかどうかはわかんねえけど……でも、うん。やっぱこの顔、美和さんに見せたいや。自分で言うのも何だけどさ。ミュージカルの舞台を下りてから、俺、こんないい顔できたの、初めてな気がするから」

溜め息交じりにそう言って、海里は夏神の液晶画面の中の自分に、飽きず見入っている。

そんな海里の姿を、夏神とロイドは、優しく微笑んで見守っていた。

五章　それぞれの荷物

それから四日後、日曜日の午前十一時過ぎ。

瞳と海里、ロイド、そして坂口は、瞳が一人暮らしの住み処として選んだ、彼女の実家近くのマンションの一室にいた。

エントランスから自室までの移動はできるだけ短くしたいが、一階は女性の一人暮らしにはいささかセキュリティ面に不安があるということで、瞳が契約したのは、二階の階段にほど近い部屋だった。

どうしても他の部屋へ行く人の往来が多くなりがちだが、そこは妥協せざるを得ないポイントだ。

間取りは、目が不自由な彼女が、できるだけコンパクトかつ機能的に暮らせるようにと、ワンルームを選択した。

狭い玄関を入ってすぐ左手にトイレがあり、その隣に洗濯機が置ける洗面所兼脱衣所、奥に小さな浴室、と、水回りが上手くまとまっている。

浴室と壁を挟んで、小さいが料理は十分にできるキッチン、そしてコンロに近い場所に、バルコニーに出られる掃き出し窓がある。バルコニーには狭いながらも、生ゴミ用の小さめのポリバケツくらいは置けそうだ。

クローゼットや収納棚も造りつけで、瞳が躓いたり、倒してしまったりする危険がない。

彼女が不動産会社を何件か巡って見つけたというその部屋は、なかなかに住みやすそうな構造だった。

十三畳の、ワンルームとしてはそこそこ広いはずの部屋が、荷物や段ボール箱の山で狭く見える。

作業的にきりがよかったので、引っ越し業者が荷物の搬入を終えて撤収したタイミングで、夏神が持たせてくれたツナとチーズとりんごのサンドイッチ弁当を広げ、少し早めの腹ごしらえが済んだところである。

今日は張り切って上下ジャージ姿の海里は、紙コップに残っていたお茶を飲み干し、

「さて、本格的に荷ほどきを始めますか」と、室内を見回した。

海里自身も、東京ではワンルームマンションに住んでいたので、何をどこに配置すればいいかは、だいたいわかっている。

「俺のアパートの部屋より、だいぶ広いなあ。やっぱ、実家の援助パワーっすか」

こちらもジャージ姿の坂口は、頭にタオルを巻き、ぱさついた金髪をまとめながら、そんなことを言った。決してイヤミではなく、単純に感心しているらしい。

段ボールの山に手を掛け、部屋の中央に立つ瞳は、日が差してくる掃き出し窓のほうに顔を向け、「いいえ」と、少し強めの口調で、実家の援助を否定した。

「親の反対を押し切って一人暮らしをするのに、援助をもらうわけにはいかんので、今は貯金を切り崩してます。でも、来月からは再就職もするんで、徐々に稼いでいけたらと思うてます」

「再就職って、今度はどんな仕事を？　前は、学芸員って言ってましたよね」

海里の問いに、瞳は嬉しそうに頷いた。

「目が駄目になって、元の職場の美術館は辞めざるを得んかったんですけど、そこの上司がずっと気に掛けてくれてはったんです。私が視覚障害者向けのパソコン教習コースに通ってる話をしたら、事務職として呼び戻して貰えるように計らってくれて」

「おお、それはたいへん嬉しいお話でしたでしょう。よき上司に恵まれましたね」

こちらはいつものツイードの上下姿のロイドは、我がことのように嬉しそうな声を出す。瞳も、にっこりして頷いた。

「はい。立場は事務員に変わりますけど、収蔵品の文書管理とか、展示物の案内文作成とか、学芸員やったときの知識も役立てることができる仕事らしくて、ありがたいと思うてます。それもあって、ちゃんと独り立ちせんとあかんと思うて、引っ越しを決意したんです」

とはいえ、皆さんのお力を借りてしまってるわけですけど、と話を締め括り、ジーンズとロングスリーブのTシャツ、それにエプロンを身につけた瞳は、目を細く開けて、三人を順番に見た。

明るい部屋なら、ごくぼんやりしたシルエットくらいはわかるらしく、今は、誰がどこにいるかくらいは、何となく見えているようだ。

「そこはどーんと借りてくれんと！　と言うても、バンド仲間がみんな先約があって、俺しか来られへんかってすいません。皆、調整しようとしたんですけど、どないもならんで」

坂口は済まなそうにそう言い、海里も、夏神がやはり外せない用事があって来られないことを詫びた。

「夏神さん、毎月いっぺん、遠くに墓参に行くんで。たまさかその日に重なっちゃったんですよ、今日。けど、俺とロイドがいれば、余裕で一人分にはなるんで、安心してください」

「一人分かいな！」

きっちり突っ込みを入れつつ、坂口は元気に声を張り上げた。

「ほな、とりあえず俺と五十嵐さんで、大物から行きましょか。ベッドの組み立て！」

「そうだな。いちばん嵩張る奴から、セットしていこうか」

若い男二人は、さっそく力仕事に取りかかる。

瞳は、そんな二人に礼を言い、「じゃあ私は……」と、手近な段ボールに手を掛けようとする。

それをやんわり制して、ロイドはこう言った。

「箱を開けるのは、わたしが致しましょう。何が入っているか逐一お知らせ致しますので、それらをどこに収納するかをご指示ください。お使いになるのは中山様ですから、どこに何を入れたか、確認しながら進めて参りましょう」

それは、彼が事前に海里と相談して決めた提案だったのだが、瞳はそれを聞いて、ホッとした顔をした。

自立を強く意識している今、荷造りにしても荷ほどきにしても、引っ越しのメインの作業に携われないことに、申し訳なさといたたまれなさを感じていたのだろう。

「では、こちらの食器や調理器具の箱から」

ロイドは段ボール箱をえっちらおっちらキッチンへと運び、瞳と和やかに作業を始める。

それを羨ましそうにチラ見しながらベッドのフレームをネジ留めしていく坂口を、海里は「キリキリ働いて、ポイント稼げよ」とからかいつつ、微笑ましく見守った。

広い床面を占拠するベッドを据えつけ、テレビ台を置き、ラグを敷き、冬にはこたつにもなる小さなローテーブルと座布団を置き、パソコンラックを組み立てて椅子と共に配置すると、かなり部屋としての体裁が整ってきた。

クローゼットにも、瞳の手により、ズラリと服が掛けられ、生活感も生まれつつある。

後日、家電量販店が様々な家電をセットすれば、かなり快適な住まいとなることだろう。

「しっかし、これは……」

海里と坂口が唯一戸惑いを見せたのは、組み立てる必要はないが、ワンルームマンションに置くにはあまりにも嵩張りすぎる、とあるアイテムである。

「こいつ、ホンマにこの部屋に置きます？」

坂口が戸惑いつつも瞳に訊ねたそれは、木製のクラシカルなロッキングチェアだった。

本体は渦を巻くような装飾的な曲木細工で出来ており、座面と背面はラタンシートという凝ったデザインだ。アンティークというほどは古くなさそうだが、少なくともビンテージとは呼べるだろう。

「滅茶苦茶雰囲気はありますけど、ユラユラさせる分、アホほどスペース食いますよ、このロッキングチェア。こいつのせいで、部屋にギチギチ感が出ちゃうし、中山さんが部屋の中を移動するとき、脛とかガッとぶつけそうでちょっと心配だなあ」

海里も、困惑の声を上げた。

他の家具は上手く配置できたが、ロッキングチェアはあまりにも想定外だったので、どこにおいても据わりが悪く、正直なところ、邪魔ではないかと思ったのだ。

しかし、瞳はやけにきっぱりと、「それは、どうしても外せないんです」と言った。

だが、それだけでは、坂口と海里の困惑を解消できないと感じたのだろう。彼女は、ロイドと共に食器を一つずつ確認しては棚に入れていく作業を中断し、手探りで壁沿いに、海里たちがいるところまでやってきた。

ロイドも実に微妙な顔で、敢えて介助はせず、瞳の後ろからついてくる。

「ああ、窓際に置いてくださってるんですね」

椅子の背に触れ、もう一方の手で窓ガラスに触れて距離を感じ、瞳はそう言った。

「確かにギチギチやわ……」

「そうでしょ？　これだけは実家に返したほうがいいんじゃないかなあって、俺思うんやけど。五十嵐さんが言うたように、こいつに躓いたらちょい危ないかもしれへんですよ」

坂口はなおもそう言ったが、瞳もまた、頑固に首を横に振った。

「いいえ。これはここに置くんです。祖父の形見なんやから」

「お祖父さんの？　これ、お祖父さんが使うてはったんですか？」

坂口は、ラタンの背もたれの、頭を置くあたりに鼻を寄せ、くんくんと嗅いで、「ほんまや、うっすらオッサンの整髪料の匂いがする。染みついてんねんな」と言った。

瞳はそんな坂口のあけすけなコメントにちょっと笑って、懐かしそうに背もたれの縁を手のひらで撫でた。

「祖父は、初孫の私を物凄く可愛がってくれました。学芸員になったときも、知り合いに自慢しまくって。そやけど、四年前に病気で亡くなったんです。亡くなる前の日まで、

『瞳の花嫁姿を見るまで、絶対あの世には行かん』って言うてたんですけど」

「はー……そら、心残りやったでしょうね」

　坂口は気の毒そうにそう言った。瞳は、寂しそうに頷く。

「このロッキングチェアは、祖父の大のお気に入りやったんです。テレビを見るんも、晩酌するんも、この椅子に座って……私も小さい頃、この椅子に座った祖父の膝に乗って、一緒にゆらゆらするんが大好きでした。そやから、祖父が亡くなった後、この椅子を形見として貰ったんです」

「そっか。この椅子には、そんな事情があったのか。じゃあ、実家に戻せとは言えないなあ……」

「一人暮らしは不安やけど、このロッキングチェアがあったら、祖父が見守ってくれてるような気がして、心強いんです」

「ええ話や！」

　どうも人一倍感動しやすいたちらしい坂口は、半泣きの顔でそう言うと、ロッキングチェアの肘置きをむんずと摑んだ。

「よっしゃ、ほな、お祖父さんの椅子には、どーんとおってもらいましょ。その代わり、置き場所をチョイ工夫して……うーん、どの辺やったら、蹴躓きにくいかなあ」

　限られたスペースの中で、色々な場所にロッキングチェアを置き、座り、立ち上がってうろつき回り……と、検討し始めた坂口を、海里は面白そうに眺めながら、瞳に耳打ちする。

「あいつ、中山さんの力になりたくて、仕方ないんですよ」

瞳は少し戸惑いがちに、「ありがたいです」と一言言ってから、坂口に聞こえないくらいの小さな声で、海里に呼びかけた。

「あの、五十嵐さん。この前の話なんですけど」

「はい？」

「私が、『シェ・ストラトス』に行く途中、転んだときの」

「ああ、はい」

海里が頷くと、瞳は躊躇しながら海里に問いかけた。

「あのとき、五十嵐さん、どうして私の膝の怪我のこと、気付いたんですか？」

「あ。あー、ええと、あー」

海里はギョッとして言い淀む。

まさか、「幽霊が心配そうな顔で膝を指さしていたもので」とストレートに教えるわけにはいかないが、かといって、それを伏せたまま、服に隠れて外からは見えない負傷に気付いた理由を説明することもできそうにない。

「ええっと、それは」

あからさまに困ってしまった海里に、瞳の口調は問い詰めるように鋭くなる。

「それに五十嵐さん、あの夜、私に訊ねはりましたよね。『だいたい八十歳くらいの、ちっちゃい爺さん』を知ってるかって。頭のてっぺんが薄くなってて、丸眼鏡かけてて……もう死んでるっぽい、って」

　瞳の視力をほぼ失った両目は、虚ろながらもロッキングチェアに向けられている。

　それに気づき、海里はドキッとした。

「あの、もしかして」

「もしかしては、私の台詞です」

　海里の話を遮り、瞳は低く問いかけた。

「祖父は、そういうルックスの人でした。五十嵐さん、なんで知ってはったんです、祖父のこと。なんで……？」

「それは」

　なおも言い淀む海里に、瞳はゴクリと唾を飲み込んでから、思いきった様子で再び口を開いた。

「もしかして、あの夜、祖父を見たんですか？　そやから、あんなことを？」

　海里は複雑な面持ちで頷いた。うっかり声を出して返事をするのを忘れたのだが、気配で、海里が肯定したことを感じとったのだろう。瞳の表情が厳しくなる。

「それって、祖父の幽霊がいたってこと？」

　こうなってしまっては、正直に打ち明けるより他はない。そう腹を決めて海里が返事をしようとしたとき、代わりに答えたのは、静かに瞳の背後に控えていたロイドだった。

「今も、お祖父様は、あのロッキングチェアを拠り所として、現世に残っていらっしゃいますよ」

「えっ？」

突然の指摘に、瞳はギョッとした様子で、身体ごとロイドのほうに振り返る。ロイドは穏やかな笑顔で、坂口がなおも置き場所を決めあぐねているロッキングチェアを見やった。

「きっと、死してなお、可愛い孫のあなたのことをどうしても見守りたいと強く願っておいでなのでしょう。ですから、あなたの怪我が心配で、海里様にそれを訴えたのです」

「そんな……ことって」

「信じられないかもしれないけど、本当です。俺もロイドも、そういうの、見えちゃうんですよ。おかしなこと言って、不気味な思いをさせちゃってたらすみません。でも、誓って嘘じゃなくて」

「いえ」

海里の懸念を短い言葉で否定して、瞳は目を閉じ、深呼吸した。その口から、「そうですか」と、吐息のような声が漏れる。

「ずっと、気のせいやと思ってました」

「え？」

「目が見えなくなってから、たまに祖父の気配を感じるんです。さっき、坂口さんが言うてはったみたいに、祖父が毎朝パシャパシャ振りかけてた整髪料の匂いが、ふっと鼻を掠めることがあって。見えないんですけど、視線みたいなものを感じたりもして。でも、ちっとも気持ち悪いと思わんかったです。むしろ、そのたび心のどっかでホッとしてました」

「マジですか？」

「はい。私こそ、こんなこと言うたら、気のせいが過ぎるって言われると思ってたんですけど……転んだとき、ほんまやったら、もっと酷いことになってたはずなんです。そやけど、地面に激突しそうになったとき、ふっと身体が浮いた感じがして。それで、膝を擦り剝くだけで済んだんです。もしかして、それって祖父が」

　ロイドはさもありなんと言いたげに、うんうんと何度も頷いた。

「きっと、お祖父様が咄嗟にあなたを抱き留めようとなさったのでしょう。無論、もはやこの世の者ではなく、肉体を失っておいでなので、衝撃を和らげるのが精いっぱいだったのでしょうね」

「そんなことって、ほんまにあるんでしょうか。それに、どうして急に祖父の存在を感じられるようになったんやろう」

　首を傾げる瞳に、ロイドは明快に説明した。

「視覚をほぼ失われたことで、他の感覚が研ぎ澄まされ、いわゆる第六感と呼ばれるものが鋭くなられたのでしょう。それで、傍近くあなたを見守っておられるお祖父様の気配を感じることができるようになられたのでしょうね」

「そしたら、ほんまにあの気配は祖父のもので……今も、ここに？」

「ええ。あのロッキングチェアから、微かに気配を感じます。ただ、残念なことですが、死者の魂の力は、徐々に弱っていくものです。お祖父様の魂も、かなり」

「オッケー！　ちょい、けったいな配置ではあるけど、やっぱし壁の近くに置いたほうがええですわ。壁伝いに歩きはるやろから、足より先に手ぇが触れるでしょ。そしたら転んだりぶつけたりせんで済みますしね」

知らぬこととながら、ロイドの話の腰を完膚なきまでにへし折って、坂口が戻ってくる。

「ちょっと座って、ゆらゆらしてみてください。危なくないか、俺、見てますし」

「あ……は、はい」

ロイドの話に気持ちを残しつつ、瞳は坂口に手を取られ、ロッキングチェアへと導かれていく。

海里は、ロイドの脇腹を軽く肘で小突き、不服そうに小声で言った。

「お前のカットイン、突然過ぎ。あと、どストレートに幽霊トークし過ぎ」

するとロイドは、さも心外そうに眉を上げる。

「おや。海里様が困っておいでとお見受けしましたので、助け船を出したつもりだったのですが」

「助け船っつか、爆破された気分だったぞ。せっかく、何かこう、ソフトランディングする方法を探してたっつーのに」

「さような方法がございましたか？」

「……まあ、思いつかなかったんだけどさ。けどやっぱ、中山さんも感じてたんだな、お祖父さんの存在。っつか、なるほど。膝の怪我を俺に教えたときの、あの爺さんの必死の形相、孫を心配する祖父のそれだったんだな。けど、いつまでも見守ってるってわけにも……いかねえんだよな」

あの夜の、幽霊の心配そうな顔を思い出し、海里は何とも言えない気持ちで、ロッキングチェアに腰掛ける瞳の姿を見つめた……。


兵庫新聞の記者、瀬戸波美が「ばんめし屋」を訪ねてきたのは、それから二日後、火曜日の昼過ぎのことだった。

「あの、これ。夏神さんに取材させていただいた記事、昨日の朝刊に掲載されました。本当は、昨日持ってくるべきだったんですけど、終日、上司について取材に回っていたので、どうしても身体が空かなくて」

そう言って申し訳なさそうに波美が両手で差し出したのは、綺麗に折り畳まれた兵庫新聞だった。おそらく、五部ほど重ねられている。

夏神もまた、卒業証書を受け取る高校生のように、カウンター越しに、新聞を恭しく捧げ持つように受け取る。

そのくらいしか、取材協力のお礼ができませんので」

「もし、あちこちに配りたければ、早めに言うてもろたらもっとお届けします。そのくらいしか、取材協力のお礼ができませんので」

そう言う波美に、海里は横から口を挟んだ。

「実は、昨日の号に載ったの、お客さんに聞いてたんですよ。兵庫新聞取ってる人で、『見たわよ～』って。慌てて近くのコンビニに走ったんだけど、もう売り切れで読めなくて、貰えたらいいなって三人で言ってたとこです」

「ああ！　事前にお知らせできたらよかったんですけど、実は流れた記事があって、夏神さんの取材記事が急遽繰り上がったんです。新聞にはようあることで。すみませんでした」

「ああ、いや。こうして持ってきてもろたんで、ありがたいですわ。見てもええですか？」

夏神はカウンターの外に出て、客席のテーブルの上で新聞を広げた。

海里とロイドも飛んで来て、夏神の両側に立ち、新聞を覗き込む。

「生活・家庭面……二十五面です」

波美は横から手を伸ばし、ページをサッとめくった。

該当の記事が目に映るなり、海里とロイドは歓声を上げた。

「うおー！　めっちゃいい写真！」

「はい。我々のお気に入りの写真を、使っていただけたようですねえ」

二人はニコニコして記事に目を通し、夏神は羞恥と喜びと不安がせめぎ合う、何とも複雑な表情で、無意識に詰めていた息をゆっくり吐いた。

「ほんまに……記事になってしもた」

紙面の上半分という思いのほか広いスペースを占める記事には、「今、振り返る昭和の暮らし」というシリーズタイトルが大きく印刷されており、それよりやや小さな文字で、「昭和の面影漂う　夜の定食屋で味わう古き良き味」という、記事タイトルが中央近くに配置されていた。

夏神が実際に作ってみせた「豚肉と野菜の胡麻酢和え」のレシピは、左端にコーナーを作り、材料と作り方の手順が簡潔に紹介されている。そこに小さく添えられているのは、野菜を刻む夏神の手元だけだ。

しかし、右側の四段にもわたる充実したインタビュー記事には、一水が提示してきた数枚の「よく撮れていると思われる写真」の中で、海里とロイドが共に「これがいい！」と即決した写真が、タイトル下の人物紹介の文章と共に掲載されていた。

それは、完成した料理を最後に菜箸で鉢に盛りつけるときの夏神の姿を、横から捉えたものだった。

筋骨隆々とした大きな身体を丸めるようにして、細長い菜箸で胡麻酢和えをつまみ上げたその瞬間の緊張感溢れる横顔を、一水のカメラは見事に捉えていた。

「とても、素敵な写真ですし、手前味噌ですけど、インタビューも、凄くいい感じにまとまったと思います」

嬉しそうにそう言って、波美は夏神にペコリと頭を下げた。

「ほんまに、ご協力いただいて、ありがとうございました」

「ああ、いや、こちらこそ」

夏神がそう言うと、波美は頭を上げ、自分よりずっと大柄な夏神の顔を、おねだりをする子供のような顔で見上げた。

「……まだ、何か？」

夏神が訝ると、波美は思いきった様子で、こう切り出した。

「実は、夏神さんの記事、うちのデスクが物凄く気に入ってですね！　特に料理が！」

「……はあ」

「夏神さんにお願いして、古いレシピを今風にアレンジして紹介していただくコーナーを、週一の連載でしばらくお願いしてみたらどうやろ、ってことになったんですけど……ご興味、あったりしませんか？　私は、滅茶苦茶興味があります。絶対、面白い連載になると思うんですよ！」

意外な提案に、夏神は驚いて目をパチパチさせる。海里とロイドは、両側からはしゃいだ声を上げた。

「凄いじゃん！　新聞に連載って、なっかなか望んでもできることじゃないよ、夏神さん！」

「そうでございますよ！　夏神様の研究の成果を皆様にお裾分けする、またとないチャンスではございませんか」

　波美も、二人の発言に便乗して、いっそう声に力を込める。

「昭和のレシピ、きっと興味ある人、多いと思うんですよ。是非とも、お願いしたいんですけど。その……原稿料は、こんなもんなんですけどね」

　そっと立てた指で示された原稿料は、些少といっても過言ではない額である。しかし夏神は、困り顔で首を振った。

「いや、それが安いんか高いんかすら、俺にはわからんですけど、俺、文章を書くなんてことは、これまでやったことがあれへんのですよ。昔のレシピをアレンジするんは好きやし、紹介するんも面白いかもしれん、やり甲斐もあると思うんやけど、とにかく文章が」

　だが、波美はこともなげに解決策を提示した。

「それでしたら、レシピだけメモ書きにしていただいて、あとは作る過程を、スマフォで動画に撮って見せていただいたら、私が原稿を書き起こします。それをチェックしていただくって形ではどうですか？」

「動画……」

「それなら、俺が撮るよ！　作ってるとこ、ぱぱっと俺が撮って、どっか適当なサーバーに上げればいいっしょ。ね？」

「はい、是非それで！　OneDrive でも Dropbox でも、私、大丈夫です」

「あ、俺もどっちでもオッケーっすよ」

「あと、記事に添える用に写真も一、二枚ほしいんです」

「オッケーです。じゃあ、俺のスマフォをアームで固定して動画を撮って、そんで夏神さんのスマフォで写真を撮ろう」

「うわあ、凄く助かります」

海里と波美は、夏神がまだ返事をしないうちに、どんどん話を進めていく。

夏神とロイドは、思わず顔を見合わせた。

「最近の新聞記事は、ずいぶんとハイカラな方法で作られるのですね、夏神様」

「ほんまやな。動画をサーバーにて、さっぱりわからんけど、つまり俺は、レシピを書いて、実際に作って、それをイガと瀬戸さんが何とかして、原稿になった奴がまた俺んとこに戻ってくる……っちゅう理解でええんですかね？」

「ええんです！」

波美は全身を使い、渾身の力で答える。その小さな身体から放たれる、「面白い記事を作りたい」という意欲に気圧されて、夏神は「そ、それやったらなんとか」と、慎重な彼にしては珍しく、その場で承諾の返事をしてしまった。

「やったー！　ありがとうございます！」

波美は派手なガッツポーズを作り、海里とロイドも「やったー！」と唱和してバンザイをする。

当事者の夏神だけが、喜ぶ三人の顔を見回し、「こら、えらいことを引き受けてしもた」と、いかつい顔を早くも引きつらせたのだった。

＊　　＊

事件が起こったのは、その翌日、水曜日のことだった。

天気予報が見事に的中し、その日は朝からしとしととまさに「春雨」が降っていた。

雨の日は、どうしても「ばんめし屋」の客足が落ちる。

本来ならば悲しむべきことだが、水曜日は自分がしばらく不在なので、ほどほどに客が少なめで、夏神とロイドが慌てずに済むといい……と思いながら、海里はいつものように「シェ・ストラトス」に足を向けた。

「雨の日は、客足が落ちるか伸びるか、微妙なとこなんだよねえ」

マスターの砂山は、そんなことを言いながら、せっせとグラスを磨いていた。

「伸びることなんて、あるんですかね。たいてい落ちません？」

海里が訝しむと、砂山は笑って、南のほう、つまり阪急芦屋川駅のほうを指さした。

「うち、わりに駅近でしょう。雨の日は、みんなタクシーに乗るから、乗り場にタクシーがなかなか回ってこないことがあってさ。そういうときは、ちょいとうちで飲みながら、タイミングをずらそうって人がけっこう出てくるんだよね」

「ああ、なるほど。そうですよね。一杯飲むってだけなら、気軽だもんな。うちは定食屋だから、さすがに雨宿りで晩飯食っちゃおうって人は少ないのかも」

「そこはカフェバーの強みだねえ」

砂山はそう言ってあっけらかんと笑い、電気ケトルの中に突っ込んだ温度計をチェックした。

「お、今、六十五度だ。お白湯を仕上げるから、悠子さんに持って行ってあげてくれる？」

「了解です。あれ、そういえば」

「うん？」

「今夜は中山さん、来てないですね」

砂山は、「ああ」とのんびりした声を出した。

「雨だからねえ。危ないから今夜は来ないんじゃない？」

だが、海里は首を捻った。

「いや、再就職も決まって、一人暮らしも始めて、今、やる気満々だから、雨の日のお出掛けにもチャレンジ！　って言いそうだけどなあ」

「いやあ、だって、急に物凄い雨足になってきたよ？」

「そうですか？　俺が来たときはさほどでも……あれ、ホントだ」

言葉を切って耳を済ませた海里は、軽く目を見張った。

カウンターを出て入り口の扉を開けてみると、まさに滝のような雨が降っている。

すぐ前のアスファルト道路は、店からの灯りを反射して、まるで水の膜が張ったように輝き、その上に大粒の雨が凄い勢いで叩きつけている。

「うっわ、すげ。急に滅茶苦茶降り出しましたね」

「まだ春も入り口だってのに、こんな時期にゲリラ豪雨みたいな降り方をするとはねえ。なんだか天気がおかしいね、最近は」

「ホントですよ。地球環境、やっぱヤバいのかな」

「ヤバそうだねえ。僕はともかく、君たちの世代は、生きてる間に地球の寿命が来ちゃったりするかもだよ」

そんな恐ろしいことを軽い調子で言いながら、砂山は白湯に入れるためのハチミツの瓶を戸棚から取り出す。

海里が何か言い返そうとしたとき、彼のエプロンのポケットの中で、スマートフォンが振動した。

「お？　電話だ」

海里はスマートフォンを引っ張り出し、液晶画面を見て、ふっと笑った。

「噂をすれば、ですよ」

砂山に向けた液晶画面には、「中山さん」の文字が光っていた。

引っ越しの手伝いをしたときに、万が一の事態に備えて携帯番号を交換したのである。

「雨だから今日は欠席のお知らせかな」

海里は通話ボタンを押し、スマートフォンを耳に当てた。

「もしもし?」

軽い調子で呼びかけた海里だが、その耳に聞こえてきたのは、ザーッという虫の羽音にも似た雨音に交じった、か細い啜り泣きだった。

(何かあった……!?)

海里の顔から、瞬時に笑みが消える。さすがにカウンターで大声を出す訳にはいかず、海里は大急ぎでバックヤードに引っ込んだ。

「中山さん? どうしたんですか? 何があったんですか?」

すると、しゃくり上げながらも、瞳の微かな声が聞こえた。

『どうしよう、五十嵐さん。わからへん』

「何が!?」

もはや敬語など忘れて、海里はスマートフォンを押し当てた左耳に全神経を集中する。

『今日も、阪急芦屋川駅から歩こうと思って、タクシーを降りたんですけど……すぐ、雨が物凄くなって、雨音にすっぽり包まれて、周りの音が全然わからへん』

「あ……!」

『一生懸命歩いてんやけど、今、どこにおって、どこに向かってんのか、全然わからへん。雨の音ばっかり』

「うわあ、そうか。耳から入る音の情報、歩くのにけっこう重要なんでしたっけ。ええと、何か音とか、雨以外に聞こえないですかね？」

『わか……わからへん。どうしよう。どうしたらええんやろ』

瞳の声は酷く震え、今にもかき消えそうに微かだ。海里は必死で耳を澄ませたが、駅のアナウンスもバスの走行音も聞こえてこない。

（この豪雨じゃ、それもやむなしか。ええと……）

「中山さん、GPSアプリとか、入れてない？」

『え……？　わ、わからへん、何やろそれ』

どうやら瞳は、完全に動転し、パニック状態に陥っているようだ。海里もまた、半ばパニックになりかけながら、必死で頭を回転させた。

「そ、そうだ。タクシー降りてから、どのくらいの時間歩いたか、見当つく？」

『わからへん……』

瞳は涙声で「わからへん」を機械的に繰り返すばかりである。

（ヤバいな、これは）

「ちょっと待って。そのまま電話、切らないで。傘、差してるよね？　じゃあ、もう歩かないで、その場に立ってて。できるなら、道の端っこに寄って。聞いてる？」

うん、と蚊の鳴くような声が返ってきたので、海里は再びカウンターに出て、不思議そうな顔で何か言いかけた砂山に早口で言った。

「中山さん、豪雨のせいでオリエンテーションが滅茶苦茶になっちゃったみたいです。俺、ちょっと捜しに行ってきます。たぶん、阪急芦屋川駅から、さほど離れてはいないと思うんで」

砂山も、ようやく事情が飲み込めた様子で、すぐに「わかった」と返事をして、心配そうな顔をした。

「何か、できそうなことがあったら連絡して。あと、悠子さんのイベントのほうは、僕がちゃんとお世話するから」

「すみません。よろしくお願いします!」

そう言う時間すら惜しく、海里はスタンドから傘を引き抜くと、店を飛び出した。

ほんの数歩走っただけで、傘など何の意味もないことが身にしみてわかる。

強くなってきた風のせいで斜めに吹き付ける雨は、たちまち海里の全身をぐっしょり濡らしていった。

ちょうど、サラリーマンや学生の帰宅時間なので、道行く人々は、ゲンナリした顔で濡れそぼち、家路を急いでいる。

歩くのに必死で、きっと道端に立ち尽くす瞳に注意を向ける人など、誰もいないだろう。

(せめて、店でも近くにあって、店員さんが気付いてくれたらいいんだけどな)

そんな願いを抱き、海里はかなり暗くなった周囲に必死で目を凝らした。雨が目に入るせいで、余計に瞳を捜すのが難しい。

「中山さん？　聞こえる？」

『きこえる』

　かろうじて返事があるのが、せめてもの救いだ。

　海里は、まずは阪急芦屋川駅へ行ってみた。明るい改札前を北から南に抜けてみたが、瞳の姿はない。

　駅の北側から西に向かって商店街が延びているが、そちらを歩いてみても、彼女の姿はなかった。

（こっちに来てたら、店の人が声をかけてくれそうなもんだよな。こっちじゃないか）

　途中まで歩いて、海里は急いで引き返した。

　こんなときにロイドがいれば、付喪神の底力を発揮して、瞳の居場所を探ってくれるかもしれない。だがそのロイドは今、夏神と共に、「ばんめし屋」で仕事に励んでいるはずだ。

「ああくそ！　こういうときこそ、孫の居場所を教えにこいよ、ジジイ」

　思わず、瞳を見守っているはずの、彼女の祖父の幽霊に対する悪態が零れる。

「膝の傷なんか教えるより、こっちのほうがよっぽど重要事件だろうがよ」

　ブツクサ言いながら、海里は、びしょ濡れの顔を手のひらで乱暴に拭った。もはや傘を捨ててしまおうかと思ったが、それでもないよりはましだと思い直す。

もはやスニーカーの中にもぐっしょり雨水が入り込み、歩くたびにぐじゅぐじゅと嫌な音がする。

「そうだ！　中山さん、車の走る音、聞こえないかな。水をジャバジャバ撥ねるような音なんだけど」

『……える』

「聞こえる？」

『きこえる……うん、聞こえる』

瞳の声に、ほんの少し力が戻ってくる。海里は咳き込むように問いを重ねた。

「どっち？　右から？　左から？　ああいや、自分がどっち向いてるかわかんないんだから、この質問は意味ないな。ええと……そうだ、どのくらい遠くから聞こえてくるか、とかわかる？」

『……よくわからへん、かな』

「そっか。でも、駅前の道路からあんまり離れてないってことだな、きっと。大丈夫、見つけるから、もうちょっと頑張って」

うん、と子供のような返事が聞こえた。海里は片手でスマートフォンを耳に当て、もう一方の手で、風に煽られる傘をどうにか保持して、南に向かって歩き出した。

駅の南側には、芦屋川に沿って、バス停がある。その辺りまでは人通りが多いが、そこを過ぎると途端に人の往来が少なくなる。

（このあたりにいるんじゃないかと思うんだけどな……）

皆、一秒でも早くこの豪雨から逃れたくて、小走りで移動している。もう濡れ鼠にな
ってやけっぱちなのか、傘も差さずに悠々と歩いて行く人もたまにいるが、少なくとも
完全に動きを止めているのは、バス待ちの客くらいだ。

（完全停止している人間を捜せば、それが中山さんだ）

そんな指針を立てて、海里は周囲を絶えず見回しながら、川沿いに南へと歩き続けた。

と、かなり前方に、街路樹の太い幹に手を当ててじっと佇む人影が見えた。

（あ！　たぶん、あれだ。ちょっと北へ行くつもりで、方向感覚が雨のせいで失われて、
ずいぶん南へ行っちゃったんだな。もうちょっとで国道二号線じゃないか）

海里はホッとして、「見つけたよ」と声を掛けた。

「もうすぐ傍に行くから、待っ」

『あっ！』

海里が「待っていて」と言おうとしたそのとき、受話器から瞳の悲鳴が聞こえた。

『きゃあっ！』

その瞬間、激しい風がビュウッと音を立てて吹き過ぎ、海里の傘も骨がひっくり返る。

「うわあっ」

思わずスマートフォンを首と顎の間で挟み、どうにか両手で傘の骨を戻そうとした海
里は、ふと前方を見て「あああっ」と大きな声を上げてしまった。

前方の佇む人影、おそらくは瞳の持っていた傘が、風に煽られて手から離れ、車道のほうへ転がっていってしまったのだ。

『傘が！』

（駄目だ！）

海里の制止の声は、まともに声にならなかった。

傘を摑み取ろうとして手を伸ばした瞳は、歩道の縁石でバランスを崩し、そのまままろぶように車道へ飛び出した。

そして、そこには国道二号線から、雨を嫌って猛スピードで左折してきたオートバイが……。

（駄目だ、ぶつかる！）

海里は、心の中で絶望の叫びを上げた。

口は大きく開いたままだが、有効な声はまったく出てこない。

死ぬとき、人はそれまでの人生が走馬燈のように見えるというが、今、徐々に濃くなっていく闇の中、海里の目の前で起こっていることは、何故かスローモーションで見えた。

車道に転がった傘、それを追いかけ、道路にまろび出た女、そして、タイヤの音を高く響かせながら、法定速度をオーバーするスピードで女に向かって走り込んでいくオートバイ。

「駄目だ……！」

掠れた声で海里が叫んだその瞬間。

彼は、ハッキリと見た。

まるで、雨のスクリーンに映し出された映像のように、半ば透けた小柄な老人が、地面に手足をついて、恐怖で動けない瞳を抱え起こし、間一髪のタイミングで歩道のほうへ突き飛ばしたのを。

人を撥ねかけて焦ったのか、オートバイは海里の前を通り抜け、物凄いスピードで走り去った。そちらのことは気にも留めず、海里は歩道でへたり込んでいる瞳のもとへ駆け寄った。

「中山さん！　大丈夫ですか？」

傘を放り出し、スマートフォンをいったん地面に置いて、海里は地面に膝をついた。

アスファルトの道路に頽れた瞳を両腕で抱え起こし、まずは座らせる。

瞳は、驚くほど強い力で、海里に縋り付いてきた。見えない目をカッと見開き、この世にいないはずの人を求めて首を巡らせる。

「五十嵐さん、今……今の、今のは、お祖父ちゃん……！」

海里は思わず、瞳を抱き締めた。

「そうです。俺も見ました。今、中山さんの命を助けてくれた。見ました」

「どこ……？　お祖父ちゃんは、どこ……？」

「わかりません。あの一瞬だけ姿が見えて、あとは……消えました」

消えたと聞いて、瞳は声を上げて泣き始める。

「とにかく、無事でよかった……よかったです、本当に。よかった」

こちらも半ば放心して、よかったとひたすら言いながら、海里は激しく叩きつける雨の中、嗚咽する瞳の背中を撫で続けていた。


「あの、ほんまに、ありがとうございました」

まだびしょ濡れの瞳は、自宅マンションの扉の前で、海里に深々と頭を下げた。

こちらも濡れ鼠の海里は、頭からしつこく流れてくる水を拭いつつ、「いや」と短く応じた。

あれから、「シェ・ストラトス」に戻ると話がややこしそうなので、海里は駅に向かうタクシーを車道に飛び出して強引に停め、乗せてくれと頼み込んだ。

地面に座り込んだ瞳と、海里のただごとでない血相に、抜き差しならぬ事情があると察したのだろう。

運転手は、シートが濡れるのも厭わず、二人を乗せ、瞳のマンションまで送り届けてくれた。せめてものお礼に、端数分はチップとして取っておいてもらったが、シートの洗濯代にもならないだろう。

(それ以上の弁償は、受け取ってくれなかったな。良い人だった。あとで、会社宛にお

礼の電話をしておこう）

　そう思いながら、海里はまだ強張った顔に、無理矢理笑みを浮かべた。

「いいから、早く家に入って、風呂でも溜めて。そのままだと風邪引くからさ。……もう、ひとりでも大丈夫？」

「平気、です。お祖父ちゃんが守ってくれたから」

　コックリ頷いて、瞳はむしろ心配そうに海里を見た。

「あの、中でせめてタオル……」

「いや、俺もこのまま一旦自分ちに戻って、着替えるから。大丈夫」

「ほんまですか？」

「うん。じゃあ」

　立ち話をしているうちに、どんどん身体が冷えてくる。海里は話を切り上げた。瞳が家に入り、施錠したのを確認して、踵を返す。

（早く帰って、あっついシャワーを浴びよう。あ、その前に砂山さんに連絡しとかなきゃ。心配してるだろうな）

　そう思って、海里は階段の手前でスマートフォンを引っ張り出した。

　しかし、砂山のスマートフォンの番号を呼び出す前に、物凄い勢いで、さっき閉じたばかりの扉が開いた。

「あの……あの、五十嵐さん、まだ、いますか？」

顔を出した瞳に囁くように呼びかけられ、海里は慌ててスマートフォンをエプロンのポケットにねじ込み、引き返した。

「どうした⁉」

「あの……あの、今、部屋の中で、ビシッて凄い音が」

「えっ？ ちょ、ちょっとお邪魔します！」

海里は思いきって、瞳の部屋に入った。

女性が一人暮らししている部屋に入るというのは、海里にとっては根深いトラウマを呼び起こさせる行為だ。

かつて、酔い潰れた若手女優を自宅に送り届け、心配なのでしばらく様子を見ていただけで、週刊誌の記者に写真を撮られ、「酔った女優の家に押し入り、暴行しようとした」という酷い濡れ衣を着せられた。

そのせいで芸能界を追われ、辛い思いをした海里だけに、同じことは二度と繰り返したくない。

正直、理性がフルに働いているなら、瞳を連れて「ばんめし屋」に行き、夏神に助力を乞うただろう。

しかし今の海里には、そんなことを考える余裕はもはやなかった。

「ビシッて音を立てそうなもの……」

綺麗に片付いた部屋の真ん中に立ち、全体を見回した海里は、あっと声を上げた。

「あれだ！」

「……どれ？」

目が不自由な瞳には、「あれ」では何のことだかさっぱりわからない。不安げに、海里に説明を求める。

しかし海里は、すぐには説明しようとしなかった。瞳は、海里の気配を頼りに近づき、指先でそっと海里の濡れたシャツを摘まむ。

「あの、五十嵐さん？　何か、ありました？　今の音はいったい何やったんですか？」

海里は、深い息を吐いて、絞り出すような声で告げた。

「椅子」

「……え？」

「ロッキングチェアのフレームが、割れてる」

瞳の喉が、ヒッと鳴った。

「まるで雷に打たれたみたいに……割れてるんだ」

呆然と呟く海里の横で、瞳は再び、床に頽れた。

「ちょ！」

そのとき、うっかり開け放っていた玄関扉のほうから、大きな声がした。

振り返った海里の目の前に、坂口の驚いた顔がある。

「さ、坂口君？　なんで」

海里のほうも負けず劣らずビックリして訊ねると、坂口は顔色を変えて、海里に詰め寄った。

「何があったんですか！『シェ・ストラトス』に行ったら、マスターが、中山さんがなんや大変そうで、五十嵐さんが捜しに行ったまま戻らへんて言うから、とりあえずタクシーの列に並んで、中山さんのマンションに来てみたんですよ。そしたらこないな状態で。何があったんです？　なんで中山さんが泣いてはる……うわっ、椅子！」

坂口はロッキングチェアを撫で回し、「嘘やろ、真っ二つやん」と包むことのない発言をしてしまう。

「……お祖父ちゃん……！」

振り絞るような声を出して、再び泣き始めた瞳に狼狽しきった坂口は、海里に詰め寄る。

「ちょー、何があったんかちゃんと説明してください！　今すぐ！　俺、このままやったらとても帰られへん」

海里は、摑まれた腕を乱暴に振り払うと、顎をしゃくった。

「とりあえず、俺たちがここにいたら、中山さんが着替えもできないだろ。表、出ろ。俺も出るから。……中山さん。話は後で。とにかく、身体拭いて、着替えて。済んだら呼んで。わかった？」

グスグス泣きながらも、二人にこれ以上迷惑をかけてはいけないと我に返ったのだろう、瞳は頷き、よろめきながら立ち上がる。

「ほら、出ろって」

海里は坂口の背中をどやしつけるようにして、一緒に外に出る。

扉を閉める寸前に見た瞳は、見えない目をいっぱいに見開いて、顔を壊れたロッキングチェアのほうに向けていた……。


「はあ……。信じられへんけど、そないな不思議な話、リアルにあるんやなあ」

それが、海里と瞳から一連の出来事について包み隠さず説明を受けた坂口の、素直な感想だった。

「ほんまやな」

「痛ましゅうございますね。無惨に割れてしまって」

続いて声を上げたのは、海里に連絡を受けて駆けつけた、夏神とロイドである。

この豪雨ではとても客など来ないので、店を閉め、揃ってやってきた。海里の着替えと、身体が冷え切った二人のために、定食用に用意していた味噌汁とおにぎりを持って来てくれたので、瞳も海里も、乾いた服を身につけ、温かな食事でどうにか人心地がついたところだ。

「ほんで、中山さんを助けたお祖父さんは、どないなったんですか？　椅子が割れたっちゅうことは、中山さんの代わりに、バイクに撥ねられた？　死んだ？　ああいや、幽霊やったらもう死なへんな」

坂口のそんな無神経スレスレの発言に苦笑いしつつ、夏神はロイドを見た。

「実際のとこ、どないや？」

ロイドはやはり気の毒そうに壊れたロッキングチェアと、落ち着きを取り戻したものの青白い顔をした瞳を交互に見て、静かに告げた。

「肉体を失った魂が、この世に生けるものの身体を助け起こし、突き飛ばすなど、普通はできることではございません。死してなお見守り続けたかったお孫様の一大事、何としても守らねばとお思いになったのでしょう。残された力のほとんどを使い果たされたのです。依代であるこのロッキングチェアが割れたことが、その証拠」

夏神は、腕組みして太い眉根を寄せた。

「つまり、もうお祖父さんは成仏したっちゅうことか？」

ロイドはゆっくりとかぶりを振る。

「いいえ。微かな気配は感じます。中山様の無事を喜んでおいでです。しかし、もうこれ以上、この世に留まることはできますまい。お祖父様の魂は、ほどなく消えるさだめです」

「……お祖父ちゃん……。ずっと見守ってくれて、私の命を助けてくれて、なのに、私、何の恩返しもできへんまま」

瞳の頬を、新しい涙が伝う。ロイドは、慰めるように瞳に告げた。

「恩返しなど、お祖父様は求めておられません。あなた様を助けることができて、お喜びです。ただ……」

「ただ、何ですか？」

「ほぼ消えかけた魂で、なおここに留まっておられるのは、よほど大きな心残りがおありだからでしょうねえ。何か、お心当たりが？」

「あ」

ロイドに問われて、瞳は小さな声を上げた。彼女と海里の口から、同じ言葉が同時に放たれる。

『瞳の花嫁姿を見るまで、絶対あの世には行かん』

「お祖父ちゃん、確かにそう言ってました。けど……無理やわ、そんなん」

瞳は力なく項垂（うなだ）れた。

「ずっと付き合ってた人には、私の目がこうなったら、この先のことは考えられへん、別れようって言われてしもたんよ、お祖父ちゃん。こんな目で、結婚なんかとてもできへんもん。花嫁姿なんて、どんだけ待ってくれても見せられへんわ」

そんな瞳の嘆きの言葉に、夏神もロイドも海里も、安易なフォローの言葉などとても口にできず、痛ましそうに沈黙する。

しかし、そこで心底不思議そうな顔で声を上げたのは、坂口だった。

彼は、指先でポリポリと頬を掻きながら、やや困惑気味にこう言った。

「あのー、これはたぶん、空気読まへん質問なんやろと思いはするんですけどね」

床の上に胡座をかいた彼の視線は、座布団の上にへたり込んだ瞳に真っ直ぐ向けられている。

「目が不自由なんって、恋愛やら結婚やらを諦める理由になるんですか？　俺にはようわからへん」

「わからないって……」

瞳は思わず絶句して、その後、吐き捨てるように激しい口調で言った。

「だって！　この先私の目は、絶対ようならへんのですよ。どんだけトレーニングをしたって、日常生活でも仕事でも絶対にできへんことはあるし、できることやって、見える人よりずっと時間も手間もかかるし……」

瞳は辛そうに訴えたが、それでも、坂口はどこかぽかんとしている。

「そやから？」

「そやからって。それが一生続くってわかってるのに、申し訳なさ過ぎて、誰かわざわざ巻き込みたいなんて思われへんでしょう」

「俺は、ガチで……この際やから正直に言いますけど、ガチで巻き込まれてみたいですけどね？　俺やったらアカンですかね？」

「……え？」

坂口は、顔をほんのり赤らめ、雨の湿気のせいでボワンと膨らんだ金髪をガサガサと片手で掻き混ぜるようにした。どうやら、突然公開告白してしまったことに、照れているらしい。

「やー、正直、『ばんめし屋』さんで初めて会ったときに一目惚れしたんすわ。まあ、中山さんにも選ぶ権利はあるんで、そこはアレなんですけど、俺でええんやったら、いつでも花嫁姿になってもろてええかなって。いや、最初はお友達からでも全然頑張りますけど」

「……は？」

「なんや勢いで言うてしもたけど、ガチですよ、マジで」

坂口は、もさもさと正座に座り直し、「マジで」ともう一度、繰り返した。

口調は淡々としているし、どこかとぼけた空気感もあるので、夏神とロイドは、「どうしたものか」と言いたげな視線を交わし合う。

しかし海里は、「シェ・ストラトス」でも、引っ越しの手伝い中も、なにくれとなく瞳に声を掛け、絶えずチラチラと彼女を見ていた坂口の姿を知っている。

それだけに、彼が真剣だということもちゃんとわかっているのだが、同時に、容易に援護射撃をすべきでないシチュエーションであることも事実で、口を閉ざして成り行きを見守るしかないのである。

瞳は、坂口の告白をまだ受け止め切れていないらしく、むしろ苛立った口調で言い返した。

「坂口さんがそう言いはっても、ご家族があかんでしょう！　わざわざ大事な息子の配偶者として、こんなハンディ持ちの女を迎え入れたくないでしょう」

しかし坂口は、そんな瞳のコンプレックスを笑い飛ばした。

「あー、そういう心配かあ。それやったら、心配要らんですわ。俺、実家からは、おらん奴扱いされてるんです、ずっと前から」

「えっ？　どうして、そんな」

軽やかに告げられた思わぬ家庭事情に、瞳は驚いて苛立ちを引っ込めてしまう。代わりに、海里がそっと問いを挟んだ。

「何をやったの、坂口君」

「やりたくてやったん違うんですけどねえ。俺、子供の頃から、常軌を逸して落ち着きがなかったんですよ。まあ、今もわりとそうですけど、ガキの頃はもっと酷くて。十五分と座ってられへんかって、教室で授業中にウロウロし始めてしもたり、興味ないことやったらボーッとしてしもたり、山ほど忘れ物したり、なんかやりたいと思うたら、休み時間まで我慢できんと、授業中に堂々と始めてしもたり」

「……うわあ。そりゃ、怒られただろ、先生に」

海里の推測を、坂口はちょっとへたれた笑顔で肯定する。

「そらもう。怒られへん日ぃはなかったですね。クラスではずっと浮いてたし、中学高校でも、若干マシになったとはいえ、同じような感じで。……バンドメンバーはみんな高校時代の……途中からやけど同級生なんで、今度、訊いてみてください。おもろい奴やけど酷かった、て言いよると思いますよ」

「あ……」

何と言っていいかわからないらしき瞳に笑いかけて、坂口はむしろ楽しげに告白を続けた。

「大人になって会社に就職しても、仕事の内容が全然頭に入ってこおへんし、客とのアポはすっぽかすし、メールの返信も気ぃ向かへんかったらほったらかしてしまうし、上司に叱られたらそのまま帰ってしまうしで」

状況が容易に想像できたのだろう、海里は顔をしかめる。

「……二回目のうわあだよ。そりゃ仕事、続かなかっただろ」

「続かへんかったですね。半年待たずに、上司の上司に呼び出されて、『頼むから、自分から辞めてくれへんか』って言われました。まあ、クビやったら退職金をやられへんからっちゅう会社の優しさやったんで、それはありがたかったです。それに……」

坂口は、自分の麦わら色の頭を指さして、にかっと笑った。

「産業医の先生が、君はちゃんと診察を受けたほうがええ言うて、辞める前に、紹介状をくれはったんですよ。それが精神科やったもんで、親がショック受けてしもてね。俺、弟と妹がいるんですけど、兄貴がそないなことになったら、弟の就職にも妹の縁談にも差し障る、受診は許さんって言われてねえ」

ロッキングチェアの傍らに立って話を聞いていたロイドは、憤慨した様子で椅子の肘置きをぺちんと叩いた。

「それはまた、失礼ながら、あまりに前時代的な」

坂口は、力なく首を振る。

「受診したら勘当やって言われましたけど、やっぱし他人が思う以上に、自分が自分のことをまともやないとずっと感じ続けるんは、しんどかった。なんで自分だけ、他の奴等みたいにできへんのやろって。そやから家を出て、精神科の先生と話をしにいったんです」

「それで……何か、わかったんですか？」

瞳は、半ば無意識に、腿の上で両手をギュッと握り締めている。坂口は、奇妙な抑揚をつけて、歌うように答えた。

「注意欠陥多動性障害！ 関西電気保安協会みたいでしょ。ＡＤＨＤとか、簡単に略するらしいけど、いわゆる発達障害やって診断されました」

「発達……障害」

「ガキの頃に治療を始めてたら、もっとスムーズにうまいことといったらしいですわ。そやけど、親がそんなん絶対認めへんかったからね。しゃーないです。大人になってわかってよかった。カウンセリング受けて、薬飲んで、今はほれ、このとおり！」

坂口は、誇らしげに両手を広げる。

「まあ、空気読まれへんのは一生そうなんで、諦めてもらわんとしゃーないですけど、九時五時の仕事は無理でも、塾講師の仕事はなんや続くし、バンドも好きやし、どっちもこの先も続けられると思います。まあまあ、酷い物件ではないと思いますよ、俺。最高級でもないけど」

そこで言葉を切って、坂口は、瞳を諭すようにこう言った。

「中山さん、人生の途中で目ぇが見えへんようになったんは、確かにえらいこと大変やと思うけど、みんな、程度の差はあっても、何かかんかしんどいもんを背負っとるもんですよ。どないかなりますて。そないなことで、人生投げる必要はないんです」

「坂口さん……」

おそらくは重ねてきた苦労や悔しさを「しんどい」の一言でさらりとまとめ、励ましてくれる坂口に、胸を打たれたのだろう。瞳の表情からは徐々に憤りが消え、まるでスポンジが水を吸い込むように、坂口の言葉を欲し始めたことがわかる。

「俺のお世話になった精神科の先生が、ええ言葉をくれたんです。あんまりええ言葉やから、俺のもんみたいに、中山さんにお裾分けするんですけど……」

その言葉を貰ったときのことを思い出すように、坂口は目を閉じ、詩を諳んじるような口調でこう言った。

『誰でも、心の中に獣がおる。一緒に生まれてくる獣もおれば、あとからひょっこりやってくる獣もおる。どんな獣かは、人によりけりや。坂口君は、さしずめ短気なイノシシやろうか。猪突猛進て言うでしょう。あのイノシシや。そやけど、見事に飼い慣らせたら、人の二倍も三倍もの馬力を出してくれるようになる。ピンチをチャンスにできるように、欠点はときに強みに変えられる』

「心の中の、獣」

小声で復唱して、瞳はカーディガンの胸元に手を当てる。

坂口はへへっと笑った。

「俺、それ聞いて、自分でも不思議なくらい励まされたんです。俺の中のイノシシと、仲良うなりたいて、心から思えました。……中山さんの獣は、途中から来よったから、まだ仲良うなる途中なんでしょう。できたら、俺も仲良うなりたいです。その獣と。中山さんと一緒に。……そやし、ほんま、友達からでもええんで、考えてもらえませんか？」

瞳の青ざめていた細い顔に、徐々に血の色が差し始める。

「……ら」

「ら？」

目を閉じたまま、ボソリと瞳が言った言葉を聞き取れず、坂口は大袈裟（おおげさ）に首を捻（ひね）る。

「ほんまに、お友達からでよかったら」

「おお！　やった！　あ、せやけど」

飛び上がり、天井すれすれのガッツポーズを決めた坂口は、すぐに困り顔になった。

「そやけど、友達からやっとったら、お祖父さんが消えるまでに花嫁姿は無理やな」

「……あ……それは、そうですね」

せっかく少し元気を取り戻していた瞳も、シュンとしてしまう。

そのとき、壁にもたれて二人の話を聞いていた夏神が、野太い声でこう言った。

「なんぞ、お祖父さんが好きやった飲み物はないか？」

唐突な質問に、瞳だけでなく、他の全員が、同時に「はぁ？」と間の抜けた声を出す。

それにいっこうに取り合わず、夏神は瞳だけを見て訊ねた。

「酒でも何でもええ。お祖父さんが好きで飲んどったもんや」

重ねて問われ、意味も目的もわからないまま、ただ夏神の声の迫力に気圧されて、瞳はしばらく考えてから答えた。

「祖父は、下戸だったんです。晩酌はきまって……」

「きまって？」

「何だか子供みたいって祖母は嫌がってましたけど、自宅で毎晩、クリームソーダを作ってました」

「クリームソーダ？　そんなん、家で作れるん？」

坂口が驚きの声を上げ、ロイドは、「クリームソーダとは？」と海里の横に来て問いかける。

海里は、アイスクリームの丸いシルエットを手で作りながら、説明した。

「こう、緑とか青とか、たまに赤とか、結構どぎつい色のついたシロップを炭酸水で割って、そこにアイスクリームとかソフトクリームを浮かせた飲み物。まあ、家で作るなら、アイスクリーム一択だな」

「ほほう、なるほど。それは爽やかな飲み物でしょうな」

「まあな。ガキの頃は好きだったな〜。アイスがさ、炭酸水に触れたとこだけ、シャリシャリになるんだよ。それが最高だった」

瞳は微笑んで同意した。

「そうそう、祖父も同じこと言ってました。遊びに行くと、二人分作ってくれて、一緒に飲みました。こう、細長いグラスに氷を入れて、ソーダの色は、きまってブルーでした。アイスクリームも、ちゃんとディッシャーで丸くすくって入れてくれて、美味しかったなあ。おうちに柄の長いスプーンがあるなんて、珍しいでしょ？　特別感があって、嬉しかったです」

「……なるほど。ちょー、待っとってくれるか」

そう言うと、夏神はふらりと出ていった。坂口は、閉まった玄関扉を親指で指す。

「マスター、今からクリームソーダ作るつもりやろか」

「そうみたいだな。何が目的かはわかんないけど」

海里は肩を竦める。ロイドは、目をキラキラさせて海里に訊ねた。

「わたしの分も作ってくださるでしょうか！」

「や、それは知らねえけど……あのさ」

二人の話を聞いていた海里の胸にも、新鮮な感情が生まれていた。彼はそれを、素直に言葉にした。

「社会的にハンディがあるって、やっぱ簡単なことじゃないだろうしさ。俺なんかにはわかんないつらさがあると思うから、偉そうなこと言えないんだけど、こないだ会った俺の義理の姉貴、親に捨てられて、ずっと施設育ちなんだ。きっと死ぬほど苦労して、獣医になったんだと思う。そういうこと、あんま詳しくは教えてくれないけど」

快活で屈託のない奈津の過去を知り、瞳も坂口も、さすがに驚きの表情になる。

(勝手にバラしちゃってごめんな、奈津さん。けど、隠してないもんな。許して)

心の中で奈津に謝ってから、海里は言葉を継いだ。

「その姉貴が、うちの兄貴と結婚して、初めて自分の家族を持てたって、凄く喜んでたんだよ。それって、ひとりじゃなし得ないことだろ。別に結婚がすべてじゃないけど、倉持さんが中山さんに言ってた、『自立は、孤立とイコールじゃない』って話だと思う。坂口君は、中山さんのこと、滅茶苦茶好きだよ。差し伸べられた手を、一度取ってみてもいいと思う。二人になったら、できること、増えるかもしれないよ。揉め事も増えるかもしれないけど、そこは俺たちみんな、相談に乗るし、愚痴も聞くから」

悠子の言葉を持ち出して励ます海里に、瞳はゆっくりと、しかし深く頷く。

しかし、坂口が何か言おうとしたとき、またあの音が響いた。

ビシッ!

「うわッ」

初めてその音を聞いた坂口は飛び上がり、瞳と海里はハッとする。

ロイドは、ロッキングチェアの傍に行き、まるで重病人の訴えを聞くように、椅子の背もたれにしばらく耳を当てていたが、顔を上げると静かにこう言った。

「まだ、ご納得いただけていないようでございますね」

「は?」

「坂口様が大切なお孫様のお相手としてふさわしいかどうか、確信が持てぬ……と仰っています」

「えええー」

「確とお伝えいたしましたよ?」

ロッキングチェアのフレームの無惨に割れたあたりをサラリと撫で、ロイドは澄ました顔で、瞳の祖父の魂に語りかける。

「どないせえっちゅうねん~」

そんな情けない坂口の声が、部屋中に響き渡った……。

「さて、ほないこか」

それが、しばらくして大きな荷物を抱え、戻ってきた夏神の第一声だった。

彼は、ワンルームマンションの小さなキッチンの調理台に、人数分より一つ多いグラスを並べた。

店の食器棚からそれらしいものをかき集めてきたらしく、太さや高さは微妙に違うが、どれも細長い円筒形のグラスである。

夏神はそこに家庭用の四角い氷をたっぷり入れ、いわゆる「ブルーハワイ」と呼ばれる、青いかき氷シロップを、それぞれのグラスに入れた。その上から炭酸水を静かに注ぎ、マドラーでぐるんと混ぜる。

「これがな。氷をギッチギチに詰めとかんと、アイスが落ちるんや」

そんなコツを披露しながら、夏神は大きなファミリーサイズの容器の蓋(ふた)を開け、アイスクリームをディッシャーで球形に掬(すく)い取って、ソーダ水の上にそっと載せる。

「チェリーは抜きでした」

記憶が鮮明になったのか、瞳はそんなことを口にする。

「よっしゃ。ほな、これで完成や。イガ、あのロッキングチェア、二人の前まで持ってこい」

「あ？　ああ、わかった」

夏神の意図はわかるようなわからないような、という状態だが、海里は言われるがままに、まさに壊れかけのロッキングチェアを、瞳と坂口の前に据える。

夏神はそこにクリームソーダのグラスを運んで来て、全員の前に置いた。

「……冷たい。この匂い、お祖父ちゃんのクリームソーダと一緒。懐かしいなあ。ちゃんと青いですか」

「青い青い。飲んだら喉まで真っ青になりそうな色や」

坂口がすかさず説明を加える。

自分のグラスを持ち、夏神はこう言った。

「お祖父さんの魂をこの世に留める手段がもうないんやったら、せめて、別れの杯を、いちばん好きな飲み物で、と思うてな」

そんな夏神の配慮に、瞳は感謝の言葉を口にする。

「ありがとうございます。お祖父ちゃんが飲めるかどうかはわからへんけど、きっと嬉しいと思います。懐かしいし」

だが夏神は、さらにこう付け加えた。

「そして、誓いの杯でもある。先のことはどうなるかわかれへん。そらしゃーないけど、今、旅立たなあかんお祖父さんのために、言うことあるやろ、坂口君」

「あー！　そういう！」

夏神の意図をようやく察した坂口は、ロッキングチェアの前に、ビシッと正座した。

両手を床につき、彼はロッキングチェアに向かって、深々と頭を下げた。

「中山さんのお祖父さん！　俺、坂口保といいます。塾講師の仕事やってますけど、一年ごとの契約です。正社員やないです。受け持ちの子供たちの、中学合格率が悪かったら、たぶんクビになります」

突然何を言い出すのかと、全員、クリームソーダのグラスを持ったまま、坂口の話に耳を傾ける。

坂口は、まるで就活の学生が面接に臨むときのようなしゃちほこばった態度で、さらにこう言った。

「バンドもやってます。俺、作曲とボーカル担当です。そやけど、集中し損ねていつになっても曲が書けんときがあるし、そもそもまだ全然芽が出ません。一生出えへんかもしれません」

「むしろ、現時点ではマイナス要素しか仰っていませんよ、海里様。あれで、お祖父様の懸念が晴れるのでしょうか」

「しっ。黙って聞いててやれよ」

ロイドの心配そうな囁きに、海里はぞんざいに言い返す。

坂口は、まだ床に両手をついたまま、お座りする猫のようなポーズで、ロッキングチェアに、いや、その中にまだ微かに残る、瞳の祖父の魂に向かって、真正直な言葉を並べた。

「つまり俺、安定した仕事はまだできてません。この先も、できんかもしれへんです。それでも俺は、俺にできることを、一生懸命、最大限にやっていきます。絶対、サボりません。手ぇも抜きません。集中が途切れてしもたら、また戻るまで待ちます。俺、空気は未だに全然読まれへんけど、その代わり、嘘はつきません。お世辞も言いません。それがええか悪いかはわからんけど、瞳さんには、いっつも正直でいます。そんで……瞳さんに何かあったら、お互い守ったり、守られたり、一緒に戦ったり、一緒に負けたり勝ったりしたいです」

瞳はそれを聞くと、静かに立ち上がった。そして、坂口に向かって、そっと右手を差し伸べる。

その手を坂口はしっかり握って、自分の隣に瞳を座らせた。

「お祖父ちゃん、助けてくれて、ありがとう。思えば、私に何かあるたび、助けようとしてくれてたんやね」

瞳は、見えない目をしっかりと見開き、ロッキングチェアのほうを向いた。

「最初の事故は、乗ってたバスが電車と衝突したから、下手したら死んでた。目はダメになったけど、命は助かった。こないだ転んだときも、さっき、バイクに轢かれそうになったときも、全部、お祖父ちゃんが助けてくれたんやね。……ほんまにありがとう。これからは、もっと自分自身が強くなる。そやけど、お祖父ちゃんが黙って助けてくれた分は、これから、私、他の人にお願いして助けてもらう。そんで、いつか私がお返しに助けられるようになりたい。……坂口君が、きっとそれ手伝ってくれます」

瞳の手に、ロイドがそっとクリームソーダのグラスを持たせてやる。

「お祖父ちゃん、これまでありがとう。守ってもらった命で、私、一生懸命生きるからね」

「俺も一生懸命、生かしていきます。ここにはもうおられんでも、上のほうから見とって、たまにどやしつけてください。直近のゴールは花嫁衣装、最終的なゴールは、同じお墓にインです！　俺、頑張ります。よろしくお願いします」

「お願いします」

ついさっき「お友達から」と言ったばかりだとは思えない息のあった動作で、瞳と坂口はグラスを持ち上げる。

「……あ」

海里とロイドの口から、微かな声が漏れた。

（ちっちゃい爺さん）

海里は心の中で呼びかける。

あのとき「シェ・ストラトス」で見た、小柄で、頭頂部がやや薄い、丸眼鏡の老人が、しんみり笑いながら、若い二人の前に立っていた。

ほとんど透けてしまい、まるで失敗した3D映像のようだが、笑顔なのはわかる。

「ど……ども」

どうやら今回はロイドの密かな助けを受けて、坂口にも瞳の祖父の姿は見えているらしい。

げた。

呼びかける孫を愛おしそうに見つめながら、老人はクリームソーダのグラスを持ち上
「お祖父ちゃん……？」

「もしかして、アレか！」

坂口は、瞳に囁いた。

「お祖父さん、別れの乾杯しようて言うてはります。グラス、上げてください」

瞳は、両手でグラスを持ち、胸の高さまで上げる。

『しあわせに。かん、ぱい』

風のざわめきのような乾いた声が、皆の鼓膜を細かく震わせる。

「乾杯」

瞳と坂口が唱和すると、老人は二人のグラスに、自分のグラスを軽く合わせた。その
刺激を感じて、瞳はハッとする。

ストローを子供のようにくわえ、クリームソーダを一口、旨そうに呑んだ老人は、丸
眼鏡の奥の目を細め、孫の顔を魂の奥底まで刻みつけるように、ジッと見つめた。

『きれい、やろうなあ』

彼の目には、近い未来の孫の花嫁姿が、確かに想像できたのだろう。

しみじみとした呟きを残し、老人の姿は徐々に消えていく。

気付けば、床の上に、飲みさしのクリームソーダだけが残された。

「お祖父ちゃん……。ありがとう」

瞳は、涙ぐみ、もう一度、感謝の言葉を繰り返す。

坂口は、「絶対綺麗(きれい)です！」と返事をして、溶けかけたアイスクリームを掬(すく)い、一口で頬張った。

夏神は、ストローでアイスクリームをソーダにとかし込みながら、ごつい顔をほころばせた。

「別れの杯をクリームソーダで交わした人は初めて見たけど、これはこれで、なかなかええもんやな」

「甘くて美味(おい)しいもので人生を締め括(くく)るのは、悪くないと思うよ、俺も。それに、瞳さんの晴れ姿、お祖父さんには見えたんだな。ふたりが、そんな将来をお祖父さんに見せられたから、笑って消えていけたんじゃね？」

海里の言葉に、坂口は大いに照れてグラスを落としそうになり、瞳は、思い出の味のソーダを静かに味わう。

ロイドは、今は魂を失い、ただの壊れた椅子になってしまったロッキングチェアを優しく撫(な)で、「お疲れ様でした」と、優しく労(ねぎら)った……。

「海里様！　起きてくださいませ」

耳元で名を呼ばれ、ゆさゆさと布団の上から身体を揺さぶられて、海里は呻きながら目を開けた。

すぐに目に入った目覚まし時計の時刻を見て、海里は愕然とする。

寝入ってから、まだ一時間も経っていない。

「な……なんだよ。死ぬほど寝入りばなじゃねえか！」

海里は絶望の叫びを上げ、それでも仕方なく、睡魔を胸に抱え込んだまま、のっそりと身を起こした。

ロイドは、海里の枕元に正座している。

「……なに？　見たところ、どこも割れても折れてもいないけど？」

「そのような縁起でもないことを仰らないでくださいませ。わたしは、我が身の危機を訴えていたわけではございませんよ」

「じゃあ、何を訴えて、俺を叩き起こしたんだよ。まだ夢の世界にも到達してなかったぞ」

「それはようございました。夢を中断させてしまうのは、あまりよくないことだそうですからね」

「いや、手前で叩き起こせばいいってもんじゃねえし。そんで、何？　場合によっては、俺がバキバキに折ってやるからな」

寝起きの不機嫌でそんな物騒な台詞を吐く主に対して、ロイドは大袈裟に肩を竦めてみせた。

「おお、怖い。さような恐ろしいことを仰せになりますな。素晴らしいものを分かち合おうと、お持ちしたのでございますよ」

「だから、何だよ」

布団の上に胡座をかき、海里は寝乱れた髪を手櫛で撫でつける。

ロイドは海里の前に、後ろ手に隠し持っていたものをスッと置いた。

それは、まだ開かれた形跡のない、二つ折りにされた新聞だった。

「今朝の号から定期購読をお始めになったのを、すっかり忘れておられたでしょう」

「あっ！」

それまで糸のように細かった海里の目が、たちまち見開かれる。

「もしかして今日からだっけ、夏神さんの料理コーナー！」

「ええ、そうでございます。ふと思い出したので、先ほど見にいって参りました。しっかり郵便受けに入っておりましたよ」

「やった！　やー、新聞を取るなんて久々すぎて忘れ……あ、ちょい待ち」

さっそく新聞を布団の上で開いたところで、海里は手を止めた。

「そういうことなら、まずは夏神さんが見なきゃダメだろ。どうせなら、茶の間へ持っていって、いっしょに見よう」

「それが、茶の間はもぬけの殻でございました。お召し物も抜け殻になっておりましたので、おそらく……」

「ランニングか～。なんでこのタイミングで行っちゃうかな！　くう、それなら帰るまで待つべきだよな」

海里は新聞から手を離し、腕組みした。

「さようでございますね」

ロイドも、しょんぼりした顔で、膝を抱えて座り直す。

「うん、抜け駆けはいけない。喜びは一緒に味わうべき……」

海里は自分に言い聞かせるように言葉を継いだが、そんな我慢は十秒と続かなかった。

「いや、待てよ。新聞は、読んだって減るわけじゃないよな」

「ええ、一ミリも減りません」

ロイドは三角座りのまま、上目遣いで答える。

海里は難しい顔で、なおも言い募った。

「夏神さんの記事をいっぺん読んだだけ……いや、チラッと見ただけじゃ、感動しきれないよな？」

「ええ、到底足りませんとも」

「ってことは、夏神さんが帰ってきてから、もっぺん三人でじっくり見るときには、感動はますますグレードアップしてるはずだよな？」

「ええ、そうですとも！」

海里の声が徐々に力を増していくのにつれて、ロイドの表情と声もまた元気を取り戻していく。

ロイドは膝を抱えていた腕を解き、再び海里の隣に正座した。

「本番の感動前に、ちょいと準備運動のつもりでチラ見するくらいは、いいよな？ 許されるよな？」

「ええ、勿論。いざ！」

「おう！」

海里は勢いよく新聞のページをめくり始めた。

「番組、社会、地域、特集……どこだよ。ええと、スポーツ、あった、生活！」

「おおー！」

「すげえ！」

目当てのページを開くなり、海里とロイドは揃って大きな声を上げた。

今回は、紙面の右上四分の一が、夏神の担当する記事になっている。

「こういうの、普通は笑顔じゃねえの？」

さっそく突っ込みを入れた海里に、ロイドは真面目くさった顔で言い返す。

「いえいえこれでこそ、夏神様でございますよ。料理に真摯に向き合う姿勢が、この引き締まった表情からわかろうというもの」

「ホントかねえ。ただの怖い顔じゃねえの、これ」

二人の視線が注がれているのは、「昔の味を、今日の食卓に」というコーナータイトルに添えられた、夏神のプロフィールだった。

「ばんめし屋 主人」という肩書きと共に、夏神の上半身の写真が小さく掲載されているのだが、パツパツのTシャツと、頭をバンダナで覆っているファッション、それにムスッとした顔で太い腕を組んでいるポーズは、どう考えても定食屋というより、ラーメン屋の主人の趣である。

「なんだかなあ。ご家庭で作ってほしい料理を紹介するなら、やっぱ笑顔のほうがよくねえかな。俺なら……」

「ディッシー！ のポーズでございますか？」

かつて、朝の情報番組の料理コーナーで、自分がやっていた決めポーズを存外上手に披露され、海里は酸っぱいものを食べたような顔になった。

「本家を前にして、堂々とやってんじゃねえよ。つか、夏神さんが『ディッシー！』ってやったら、むしろ怖い……いや、絶対やらねえな」

「おやりにならないでしょうねえ。やはり、このポーズで正解では？」

「かもな。顔面も、緊張するとこうなっちゃうんだよな、夏神さん。しょうがないか」

「ええ。お店に来てさえいただければ、素敵な笑顔の夏神様がお迎えするのですから」

「違いない。ま、ギャップ萌(も)えって言葉もあることだしな。さてと、肝腎(かんじん)の料理のほうは……」

海里は、記事の本文に目を走らせた。

記念すべき連載第一回の料理名は、「塩鮭の刺身焼」という風変わりなものだ。

昭和十三年、つまり西暦一九三八年の婦人雑誌附録から採ったもので、要約して紹介されたレシピは、塩鮭を刺身のようにスライスし、それを網焼きにしてすぐ酢に漬け、五、六分経ったら引き上げて食べる、というなかなか不可思議なものである。

夏神はそれをアレンジし、生鮭の刺身に塩を振ってしばらく置いたものを、表面がくっつかないように加工されたフライパンで好みの加減に焼くという、手軽なレシピに変えて紹介していた。

さらに漬け汁もただの酢に浸すのではなく、鷹(たか)の爪で軽くピリッとさせた甘酢にごく短時間くぐらせ、それをさっと茹(ゆ)でたレタスと共に、好みでマヨネーズか練り辛子を少量添えて食卓に出すという、スッキリと軽やかな一品に仕上げている。

夏神が作った料理の写真は、プロのカメラマンではなく、海里がスマートフォンのカメラで撮ったものだ。

写し方のコツは先日の取材の際、湊一水が撮影するのを見てある程度勉強したので、素人写真にしては悪くない……と、海里は内心、自画自賛した。

「夏神さん、メニュー選びが意外とあざと上手だよな。『刺身焼』なんて、何だろうって、みんな思うよ、きっと」

ロイドもニコニコして相づちを打った。

「ええ、まことに。元のレシピとアレンジレシピの比較も面白うございますね。調味料や添え物の取捨選択や量の変更が、この眼鏡にもたいへん興味深く感じられます」

「人間にも、興味深く感じられるよ。うん、これ、きっと兵庫新聞の読者さんは、毎週木曜のこのコーナーを楽しみにしてくれると思うな。夏神さん、着実に前に進んでる」

海里はそう言って、窓のほうを見遣り、はあ、と大きな溜め息をついた。

表情は明るいが、その目つきに若干の苛立ちのようなものを感じとり、ロイドは微笑んで問いかけた。

「どうなさいました？」

海里は柔和な英国紳士に視線を向け、微かにかぶりを振った。

「よかったなあって思うと同時に、俺ももっと頑張らなきゃって思っただけ」

ロイドは意外そうに小首を傾げる。

「海里様は、八面六臂の活躍をなさっておいでではありませんか。焦る必要はありりますまい？」

「それはわかってる。焦ったって、今日明日に結果が出るわけじゃないこともわかってる。けど、もっと料理が上手くなりたいとか、お客さんにもっといいサービスができるようになりたいとか、『シェ・ストラトス』の舞台に、役者として早く立ちたいとか思うたびに、後ろから風に煽られるみたいな、前のめりの気持ちになるんだ」

「まさに、追い風でございますね」

「うん。それでも、地に足をつけてじっくり一歩ずつ進まないと、また前みたいに、つまんないトラブルで何もかも失うことになるんだと思う。俺はバカだけど、そこだけはちゃんと学んだ。でも、その上でさ……」

海里は、丁寧に新聞を畳みながら照れ臭そうに続けた。

「このエンジンが焼けつきそうな焦りも、大事にしたいと思う。これって、夏神さんに拾われたときは、もう生きてたってしょうがないって全部放り出した俺が、また一つずつ夢を拾って、前へ前へ進みたいって思ってる証拠だろ。夢があるからこそ、焦ることもできるんだよな」

「夢があるから焦ることができる……たいへん、よいお言葉です。そんな海里様と共に歩めることが、このロイドの喜びでございますよ」

嬉しそうにそんなことを言うロイドの笑顔を見て、海里は真顔で問いかけた。

「伴走してくれるのは嬉しいけどロイド自身の夢はないのかよ？」

ロイドはキョトンとして、自分の顔を指さす。

「わたしの夢、でございますか？」

「うん。せっかく付喪神になって、魂も心も、人間の姿もゲットしたわけじゃん。なんかこう、インスタントな欲じゃなくてさ、長期計画でやってみたいこととか、ないわけ？」

「さようでございますねえ」

ロイドは正座のままでしばらく首を巡らせ、そして、海里に視線を戻して静かにこう言った。

「眼鏡は、人がよりよくものを見るために存在するのです。ですからわたしも、みずからの眼鏡としての本分を忘れず、海里様と共にあり、海里様が進むべき道を遥か遠くまで見通せるよう、お助けしとうございます。それが、わたしの夢、でございましょうか」

「ロイド……」

告げられた優しくも頼もしい「眼鏡の夢」に、海里は胸がいっぱいになってしまって、言葉が出てこない。

そんな主を見つめ、穏やかな茶色い目を茶目っ気たっぷりに細めて、ロイドはこう続けた。

「もっとも、それとは別に、日常生活に根ざした夢もございます」

「えっ？　何だよ、それ」

「コンビニエンスストアに頻繁に登場する新しいスイーツの数々。あれをもれなく味わってみたいものでございます。食べそびれたものがいかほど美味であるかと考えると、夜も眠れなく……」

「いやいやいや。全部は食い過ぎ。太るぞ。ってか、眼鏡って太るのか？」

「さて、どうでございましょうね。試してみましょうか？」

「やめとけって。スイーツは、たくさんある中から厳選して食うから、余計に旨く感じられるんだよ」

きっぱりそう言ったあと、海里は少し困り顔で、頭を掻いた。

「や、それについては、人のことは言えねえわ。俺、あの夢もこの夢も、持ってる夢は全部叶えたい！って思ってるけど、スイーツと一緒で、全部は食い過ぎ、欲張りすぎかも。けど、全部叶えたいんだもんなあ。しょうがねえよな。ってことで」

海里は、バッグの中から財布を取り出し、ロイドにウインクしてみせた。

「今日は、夏神さんの連載開始祝いをしなきゃ、だろ？　特別に、お前が欲しいスイーツ、全部買おう。そんで、三人で食いまくろう。どう？」

その問いかけに対するロイドの答えは、聞くまでもない。

そして、ランニングを終えて戻ってきた夏神が、山積みのコンビニスイーツに絶句したのもまた、言うまでもないことだった……。

どうも、夏神です。今回はちっといつもと趣向を変えて、俺が兵庫新聞さんで連載さしてもろとる「昔の味を、今日の食卓に」ちゅうコーナーと同じ感じで、戦前の日本の家庭で作られとった料理を紹介さしてもらおうかと思うてます。

材料や作り方、それに味付けは、ちょっこし今風にアレンジしとりますけど、昭和の食卓を感じてもらえたら面白いん違うかなと。よろしゅうお付き合いください。

イラスト／くにみつ

照り焼きに飽きたらこちらを。ブリのトマト煮

★材料（4人分）

ブリの切り身　4枚　背ならアッサリ、腹ならとろり

トマト水煮缶　1つ　元の本では生やけど、気軽に安く水煮缶で

あればパセリ少々　あったほうが色合いが綺麗やね。ドライでもええです。他の緑の野菜でもええですよ。インゲンの塩茹でとか、クレソンとか、茹でブロッコリーとかね

キャベツ　大きな葉を5枚くらい

小麦粉、バターまたはサラダ油、塩、胡椒、砂糖　適量　癖のない油やったら何でも

★作り方

❶まずは、ブリの切り身に軽く塩胡椒を振って置いておきます。トマト水煮缶は、汁ごとボウルにあけて、思いきって手でぐちゃぐちゃに潰してしもてください。フォークでも勿論OKです。キャベツはサッと洗って一口大にちぎって、生パセリがあるなら、葉だけ細こう刻んでおきましょ。
❷フライパンに油を軽く引いて、キャベツをごく軽く塩胡椒して炒めて、皿に平たく盛り分けておいてください。ブリは、浮いた水分をペーパータオルで軽く拭き取って、小麦粉を薄くまぶしましょ。分厚くすると表面がベタベタするんで、余計な粉は落としてください。
❸フライパンをざっと洗ってまた火にかけて、油かバターを引いて（表面加工されたフライパンなら何もなしでええです）、ブリを両面こんがり焼いてください。焼けたら他の皿に取り分けて、そのままフライパンにトマトの水煮、砂糖大さじ1を入れたら、底の焦げを木べらでようこそげてから、塩胡椒で味を調えます。元の本では、砂糖やのうて、臭みとりの酢を大さじ1と半分入れるんやけど、最近のブリはそう臭みがないから、むしろトマト水煮缶の味を和らげるための砂糖を入れました。
❹フライパンにブリを戻して、スプーンでソースをかけながら5分くらい煮て、キャベツの上に盛りつけます。ソースをたっぷりかけて、パセリを振りかけたら出来上がり。ブリがさっぱり食べられます。

※元の本では、レモンを添えとります。これも臭みを取るためやと思うんで、好き好きで。俺は要らんと思います。あと、魚の表面がパリッとしとるんが好きやったら、ソースで煮るんはやめて、しっかり焼いた上からトマトソースをかけてもええと思います。トマトソースは、昭和風にシンプルに仕上げとりますけど、味が物足りんかったら、醤油かウスターソース、ケチャップなんかを足すと、こってり感が出ます。

なるほどそのままの味、卵豆腐

★材料（2人分）

豆腐　半丁　口当たりがええんは絹ごし豆腐やけど、お好みのもんで

卵　1個

出汁　400ml　勿論、出汁のもとを使うて大丈夫

お好みの味噌　大さじ2〜3

★作り方

❶まずは味噌汁を作ります。出汁に味噌を溶き入れて、少しだけ濃い目の味噌汁を作りましょう。元の本ではすまし汁やけど、俺は味噌汁のほうがこくがあってええと思います。気になったら、すまし汁も試してみてください。

❷元の本では、すり鉢に豆腐と卵を入れて、ようすり混ぜることになってます。大層なんで、ボウルに入れて、泡立て器で混ぜるんがおすすめ。豆腐の粒が細こうなるまで、丁寧に混ぜてください。泡立て器がなかったら、箸やフォークで頑張ってもええです。

❸味噌汁を絶対に煮立てんと、ふつふつするくらいの火加減にしたら、おたまか大きいスプーンで、よう混ぜた豆腐と卵をすくって、そろっと浮かべるみたいに入れていってください。豆腐の水分が多かったらバーッとばらけてしまうけど、それはそれでええもんです。ふわっとまとまったら、それもまたよし。軽う煮たら、たっぷりお椀にすくって、そのままでも、お好みで薬味を添えてもええです。薬味のおすすめは、元の本では胡椒、俺としては、刻み葱、もみ海苔、おろし生姜、あと柚子胡椒も乙なもんです。病人にも子供さんにもええ、優しい味のほっとする食べもんです。

スチュードペアズ・イン・クリーム

えらい凝った名前やけど、早い話が、煮た梨にクリームをかけたやつ、です。梨がない時期は、リンゴで試してください。当時はずいぶんハイカラな味やったんやろな〜

★材料（4人分）

梨（またはリンゴ）　3個

レモン　1/4個

生クリーム　150ml

砂糖　150gと大さじ1

★作り方

❶梨は8つに切って皮を剝き芯を取ってください。小さめやったら6つでもええです。

❷水650mlに砂糖150g、2つに切ったレモンを入れて、火にかけます。砂糖が溶けて煮立ったら梨を入れて、弱火で竹串が簡単に通るまで煮てください。意外と早う煮えるもんです。煮えたら、梨を引き上げて、煮汁が3分の1くらいになるまで煮詰めてください。

❸煮汁を火から下ろしたら、煮汁と梨を再び一緒にして、冷めるまで置いておきます。冷蔵庫で冷やしてもええです。元の本ではバニラ・エッセンスで香りをつけてます。俺は要らん派やけど、昭和の雰囲気を味わいたければ、2滴くらい落としてもええと思います。

❹食べる前に、生クリーム150mlに砂糖を大さじ1入れて、ちょい緩めに泡立てて、梨の上にふわっとかけて食べてください。煮汁は好き好きで。元の本では砂糖が大さじ2弱入ってますけど、なんぼなんでも甘いんで減らしました。砂糖なしでもええかもしれません。

本書は書き下ろしです。
この作品はフィクションです。実在の人物、団体等とは一切関係ありません。

最後の晩ごはん

閉ざした瞳とクリームソーダ

椹野道流

令和元年 12月25日　初版発行

発行者●郡司 聡

発行●株式会社KADOKAWA
〒102-8177　東京都千代田区富士見2-13-3
電話　0570-002-301（ナビダイヤル）

角川文庫 21983

印刷所●株式会社暁印刷
製本所●本間製本株式会社

表紙画●和田三造

●お問い合わせ
https://www.kadokawa.co.jp/（「お問い合わせ」へお進みください）
※内容によっては、お答えできない場合があります。
※サポートは日本国内のみとさせていただきます。
※Japanese text only

ISBN 978-4-04-109112-8　C0193

◇◇◇

角川文庫発刊に際して

角川源義

第二次世界大戦の敗北は、軍事力の敗北であった以上に、私たちの若い文化力の敗退であった。私たちの文化が戦争に対して如何に無力であり、単なるあだ花に過ぎなかったかを、私たちは身を以て体験し痛感した。西洋近代文化の摂取にとって、明治以後八十年の歳月は決して短かすぎたとは言えない。にもかかわらず、近代文化の伝統を確立し、自由な批判と柔軟な良識に富む文化層として自らを形成することに私たちは失敗して来た。そしてこれは、各層への文化の普及滲透を任務とする出版人の責任でもあった。

一九四五年以来、私たちは再び振出しに戻り、第一歩から踏み出すことを余儀なくされた。これは大きな不幸ではあるが、反面、これまでの混沌・未熟・歪曲の中にあった我が国の文化に秩序と確たる基礎を齎らすためには絶好の機会でもある。角川書店は、このような祖国の文化的危機にあたり、微力をも顧みず再建の礎石たるべき抱負と決意とをもって出発したが、ここに創立以来の念願を果すべく角川文庫を発刊する。これまで刊行されたあらゆる全集叢書文庫類の長所と短所とを検討し、古今東西の不朽の典籍を、良心的編集のもとに、廉価に、そして書架にふさわしい美本として、多くのひとびとに提供しようとする。しかし私たちは徒らに百科全書的な知識のジレッタントを作ることを目的とせず、あくまで祖国の文化に秩序と再建への道を示し、この文庫を角川書店の栄ある事業として、今後永久に継続発展せしめ、学芸と教養との殿堂として大成せんことを期したい。多くの読書子の愛情ある忠言と支持とによって、この希望と抱負とを完遂せしめられんことを願う。

一九四九年五月三日